新・ぼくらの円卓の戦士

宗田 理

角川文庫 11419

目次

I章　みんなでカンニングしよう

1

ブブへ

お～～～い

起きてるか？

例の弁論大会の件、ご忠告のとおり内容を修正して、こんなふうに改定しました。

「カンニングのすすめ」

カンニングといっても、ひとの答案を盗《ぬす》み見《み》るといったケチなものではありません。テストという制度を壊《こわ》してしまうためのカンニングです。そのためには、みんなの協力が絶対必要なのです。

情報過多の現在、一人で覚えられる情報の量なんてたかが知れています。丸暗記なんてばかばかしいと思いません？

そんなことをするより、足りない点を補う相手を見つけてネットワークを構築するほうが、はるかに合理的です。

限られた条件のもとで、多くのいい仲間をつくり、重要な情報を選別する能力が、これからのわたしたちには必要です。

一人抜《ぬ》け駆《が》けしたものが勝利する。

今のこんなやり方は、足の引っ張り合いで、自分以外はすべて敵、いい仲間なんてできるはずがありません。

だからこそ、カンニングというネットワーク作りをすることは面白《おもしろ》いし、わたしたちみんなのためになるというわけです。

この計画が成功するためには、みんなの意見が一致《いっち》しなくてはなりません。それがキーです。

弁論大会の結果は明日報告します。請《こ》うご期待！

アコ

亜子《あこ》は送信のクリックを押《お》す。かたかたかたという音がして、送信が完了《かんりょう》した。

ブブとメール交換《こうかん》をしてから、もうすぐ一年になる。

亜子がブブと知り合ったきっかけは、ブブのホームページを見たことである。

そのホームページにはカエルの飼育法《しいくほう》という記事があった。ペットのいぬやねこの飼《か》い方というのはよくあるが、カエルの飼育法というのはめずらしかった。

どんなことが書いてあるのか興味があったので開いてみた。最初に両生類は、環境《かんきょう》の変化に非常に敏感《びんかん》なので、地球の健康状態を教えてくれる「環境指標生物」だとあった。

両生類は暑さに弱いので、低めの温度がいいが、なんといっても湿度《しつど》が飼育のポイントである。

さらに、カエルなどの場合は水質も問題である。水道水に含《ふく》まれている塩素を取り除くためには24時間以上放置しておく必要がある。

ブブの飼っているのはチョウセンスズガエルという種類で、飼育はもっとも簡単らしい。体長は7～8センチ、背中は明るい緑色に黒いまだら、腹部は赤かオレンジ色に黒いまだらがある。

餌《えさ》は昆虫類《こんちゅうるい》。そのほか飼育した記録などが詳細《しょうさい》に出ていた。

亜子は、その記事を読み終わったとたん、チョウセンスズガエルがどうしても飼いたくなった。

そう思ったらすぐ行動に移すのが亜子のやりかたである。早速ブブにメールを送った。ブブからはすぐに返事が来て、メール交換がはじまった。

最初のうちは一週間に一度くらいカエルの飼育法についてのやりとりだったが、このごろは、ほとんど毎日その日にあったことを、おしゃべりする最も気の置けないメル友になった。

亜子は、ブブの姿はもちろん年齢《ねんれい》や性別すら知らない。以前ブブに会ってみたいと書いて送ったが〝誰《だれ》かもわからないからこの関係が成り立つ、知らないほうが想像力をかきたてられ二人とも興味を失わないですむ〟といわれ、その通りだと納得した。

東中学校《ひがしちゅうがっこう》新聞部部長、神藤《じんどう》亜子は、好奇《こうき》心旺盛《しんおうせい》な知りたがりだ。そんなふうだから新聞部は自分のためにあると思っている。

亜子には退屈《たいくつ》したという経験はない。それが、自分にとってプラスかマイナスかなんて考え躊躇《ちゅうちょ》するより先に動いてしまうからだ。

成績は中の上くらい。粗忽《そこつ》ではあるが、サービス精神旺盛だからクラスのみんなに好かれている。当然友だちもいっぱいいる。

M市にある東中学では、毎年クラス対抗《たいこう》の弁論大会がおこなわれることになっている。各クラスの代表が全校生徒の前で自分の意見を発表するのだ。

どのクラスでも、すすんでやりたがる生徒はいないので、担任がまじめな生徒に押しつけるのが通例になっている。

生徒の意見といっても、担任と打ち合わせて、当たりさわりがない内容になっているのだから真剣《しんけん》に聴《き》いている者はほとんどいない。だれにとっても退屈きわまりないイベントである。

一年のときの担任は、超《ちょう》まじめな女教師だったので、クラスで一番成績の良い目黒明子《めぐろあきこ》を指名した。亜子は眠《ねむ》っていたので内容は覚えていないが、先生には評判がよかった。このことからもまっとうな新聞部員とはいえないのだが……。

ことしの担任三好仙吉《みよしせんきち》は、三十五歳で独身、目が小さいうえに離《はな》れているので印象がうすい。しかし生徒に対して高圧的なところはなく、兄貴みたいに話も聞いてくれるので、生徒たちの評判はわるくない。

その三好は、なぜか亜子を気に入っていて、亜子がかなりひどい騒動《そうどう》をおこしても見て見ぬふりをして文句を言わない。

三好って、ぼんやりしているが、案外大物かもしれない。大賢《たいけん》は大愚《たいぐ》に似たりという言葉があるから。と亜子も好感を持っている。

「先生、わたしにやらせて」

亜子が手を上げて言った。

「何か発表したい意見でもあるのか？」

「もちろんあります」

「なんだ？　いってみろ」

三好は半信半疑だ。亜子がまた何かしでかすのではないかと警戒《けいかい》している。

「これから高齢化《こうれいか》社会になるにあたって、わたしたち若者は、どういう心がまえを持たなくてはならないかということを話したいんです」

「ほう、さすが新聞部、なかなかいいことを言うじゃないか」

三好が感心したとたん、平山美佐《ひらやまみさ》がぷっとふいた。

「なんで笑うの？」

亜子は、斜《なな》めうしろにいる美佐をにらんだ。

「亜子、それまじ？」

「あたりまえじゃん」

「うっそだ」

こんどは、みんながどっと笑った。

「どうして笑うんだ？」

三好は怪訝《けげん》そうな顔をしている。それがおかしいのか、教室中が爆笑《ばくしょう》の渦《うず》になった。

「先生、亜子にやらせていいの？　ヤバイよ」

平山美佐が言った。

「なんでヤバイんだ？」

「だってさ、亜子だもん」

またみんなが笑った。

「それじゃ平山、おまえやれ」

三好が言った。

「やだね」

美佐は、三好にむかって舌をだした。こういうときでも、三好は怒ったりしない。こういうところが大物なのだ。

「大丈夫《だいじょうぶ》だって。ちゃんとやるから」

亜子は三好の目を見て言った。

「よし、亜子にまかせた」

三好の一言で、弁論大会の代表は、あっさり亜子に決まった。

昼の食事が終わると、新聞部副部長の森下洋平《もりしたようへい》とタレコミ屋の万田恭助《まんだきょうすけ》が亜子のところへやって来た。

三年生が引退してから東中新聞部は、部長と副部長、恭助をふくめても三人しかいない。

そんな彼らは事件をもとめて学校をうろついている。なければ自分で進んで事件をおこした。

体育館渡《わた》り廊下《ろうか》にて女教師、菅野万里子《かんのまりこ》を言い負かして泣かした『マリカン号泣事件』。

かねてからかつらのうわさのあった校長にインタビューと称《しょう》し近づき、頭の毛を引っ張った『校長づら飛ばし未遂《みすい》事件』。

他にも彼女たちには数々の特ダネがあり『中間テストオール0点作戦』『ボゲ〜』『運動会リレー賭博疑惑《とばくぎわく》』などは有名だ。

「部長、こんどは何を考えてんだ？」

洋平が亜子の顔をのぞきこんだ。

「老人問題だよ」

「そうか、部長がこのあいだ言っていた老人をどうやって減らすかってことか？」

「そんなこと話せるわけないじゃん。どうやってお年寄りを大切にするかよ」

「三好はそれで騙《だま》せるかもしれねえが、おれたちはそうはいかねえぜ。な？」

洋平は恭助と顔を見合わせて言った。

「ばれちゃしょうがない。あんたたちには本当のこと言うけど、実は老人問題は、カムフラージュ。これで敵の目を欺《あざむ》こうってわけ」

「そうだろう。それでなきゃ部長じゃない。本当は何を話すつもりなんだ？」

洋平は、亜子の目をじっとみつめたままだ。それが気になってしょうがない。

「それはヒ・ミ・ツ」

「なんだよ。そんなにおれたちが信用できねえのか？」

「ちがう。中身を話しちゃったら、弁論大会のとき全然面白《おもしろ》くないでしょう？　だからよ。わかる？」

「そういうことなら、ま、いいか」

二人は、あっさり納得した。こういうときしつこく追及《ついきゅう》されるのは嫌いだ。

友だちってのは、あまり濃《こ》すぎる関係は長つづきしない。

亜子は、だから二人を気のおけない、いい関係だと思っている。

2

弁論大会は、午後一時からはじまった。

一年生から代表が出るので二年二組の亜子は五番目である。持ち時間は各自十分間、これは話すほうも聴《き》くほうも、けっこう長い。

亜子の演題は「お年寄りを大切にしよう」というものである。

東中学は全員二百七十五名、それが体育館の床《ゆか》にすわって、演壇《えんだん》を見ている。話すほうは、それだけで緊張《きんちょう》してあがってしまうけれど、亜子はその点へっちゃらである。

演壇に上がった亜子はみんなに一礼して、

「わたしが今日お話しするのは、お年寄りを大切にしようというものでしたが、それを変《へん》更《こう》することにしました」

と言ってからみんなの顔を見渡した。えっと驚《おどろ》いたような顔をしている。

これはほんの軽いジャブのようなものだ。つぎはストレートだぞ。

「では本題を申し上げます。みんなでカンニングをしよう」

とたんに会場は波が打ち寄せるようにざわめきだした。

ちらっと三好のほうを見ると、困ったような顔をしている。つづいて洋平をさがした。

いる、いる。こちらに向かって手を振《ふ》っている。

亜子は、ブブにメールで送った、みんなでカンニングをやれば、テストなんてこわくない、という話をはじめた。

亜子の計算では、そこで、わっとくるはずであった。ところが、場内はしらーっとしている。

こんなはずではなかった。どうして、だれものってこないのだ？

必殺のストレートは、空振りだった。亜子はすこし焦《あせ》った。

「みなさん、勉強は何のためにやると思いますか？　おわかりの人は手を上げて答えてください」

三年の席から背の高い男子生徒が立ちあがった。

「勉強は自分のためにやるんだ。あほなこと言うな。時間の無駄《むだ》だ。早くやめろ！」

「そのとおりです。では今の勉強は自分の役に立っていると思いますか？」

「あったりまえじゃん。勉強は全然役にたたねえっていうのか？」

「わたしの言いたいのは今の勉強です。高校に入るための勉強なんて、本当の勉強じゃありません」

「だから、カンニングしようってのか？」

彼は、亜子の言っている意味をよくわかっていない。どうやって説得したらいいのだろう？

そんなことを考えているうちに、こんどは、教務主任の尾形《おがた》が立って、

「カンニングのすすめというのは、生徒が話題にするのは不適切だ。ただちに止《や》めなさい」

と言った。

「でも、これは将来のわたしたちの運命に関係することです。もう少し話させてください」

亜子は、必死に抵抗《ていこう》したが、みんな無視している。だれも応援《おうえん》してくれない。結局壇上から下ろされてしまった。

「なんであんなこと言っちゃったの？」

美佐があきれ顔で言った。

「それより、どうしてみんなしらけてんの？　そのほうが不思議よ」

「亜子、まじで言ってるの？」

「まじだよ。わたしは」

「亜子、ヤバイよ」

亜子は、美佐がなぜそんなことを言うのか、わからない。

尾形がやって来て、

「神藤、職員室に来い」

と言って歩きだした。亜子は、仕方なく尾形のあとにつづいた。

こういうとき、反抗的な態度をとることは、かえって事態を悪化させる。まずは殊勝《しゅしょう》に振舞《ふるま》うことだ。

そういうことは、亜子の特技である。ところが、この日は、亜子の計算どおりにはいかなかった。

「おまえはみんなを挑発《ちょうはつ》して学校を破壊《はかい》しようとした」

「いいえ、破壊なんて、そんなこと全然考えていませんでした。こういう話は、きっと受けると思ってしたんです。でも失敗でした。反省しています」

「神藤はみんなの受けをねらってやったのだと思います。学校破壊なんて、そんな大それたことを考えるような子ではありません。これからは、絶対こんなことはさせません。今回は、私に免《めん》じてお許しください」

同席している三好は、額から汗《あせ》を流して尾形と上杉《うえすぎ》に頭を下げた。しかし、生徒指導の上杉は、

「一罰百戒《いちばつひゃっかい》という言葉があります。この際処分はできるだけ厳しいほうがいいと思いま

す」

と言い張ってゆずろうとしない。こいつの石頭は有名である。そのために何人の生徒が泣かされたかしれない。

「では、今回に限り神藤の処置は三好先生におまかせします。わかったか？」

「はい。もう二度としません」

亜子は、頭を下げながら、「三好、そこまであやまることはないだろう」と口のなかでつぶやいた。

尾形は、何か用事があるらしく、それではと言いながら、そそくさと、職員室を出て行った。

そのあと、三好と二人になると、大分やられたなと肩《かた》をたたかれた。

「先生のおかげで助かりました」

「反省してるか？」

三好に言われて、亜子はぺろりと舌を出した。

やっと解放されて廊下《ろうか》に出ると、美佐が待っていた。

「心配になって見に来た。大分しぼられたみたいね？」

「それはいいんだけど、あ〜あ、もうちょっと受けると思ったのになあ」

「亜子の作戦の成功率は20パーセントくらいだから、受けなくてももともと、気にしなさんなって」

「あー、それひどーい」

「でも、亜子は立ち直りが早いから、もうへっちゃらでしょう？」

美佐は無責任なことを言った。教室に帰る途中《とちゅう》、廊下を歩いていると、

「さっきのあれ、面白《おもしろ》かったぜ」

ふりかえると、知らない男子が立っていた。詰襟《つめえり》に二年のバッジをつけているから同級生だ。

しかし、顔に見覚えはない。

「ありがとう。でもあなた、だれだっけ？」

「ああ、おれは秋葉《あきば》雷太《らいた》、転校生さ。それよりさっきのスピーチ最高だったぜ。あれが実現できれば、学校は必要なくなっちゃうかもな」

亜子は、いきなり呼びとめられてカチンときたが、弁論大会のスピーチをほめられて悪い気はしなかった。

「ところで、あんたの成績はどのくらいだ？」

いきなり雷太が聞いた。

「な、何よ。突然《とつぜん》なんでそんなことを、初対面で言わなくちゃいけないのよ?」

亜子は、だしぬけの質問に面くらって、腹も立たない。

「みんなの前であんなことが言えるんだから、さぞかし成績がいいんだろうと思ってね」

「それって、どういうことよ?」

「そりゃそうだろう。できないやつが言ったら、答案用紙を見せてくれっていうのと同じじゃないか?」

雷太に挑発されて、真ん中よりちょっと上の成績の亜子は、言葉につまった。

──こいつの言うとおりだ。

「そんなことを言うあなたは、さぞかし成績がよろしいんでしょうね?」

亜子は、苦しまぎれにいやみを言った。

「じきにわかるさ」

雷太は、にこっと笑って去って行った。

「か──っ、もおうアタマにきた。なによ、あいつ」

「亜子、私知ってるわ、彼、西中の少年Aよ」

「え? 西中の少年Aって、先生殺しの?」

「そうよ」

美佐は、顔をこわばらせて言った。

3

去年の十月、隣《となり》の学区の西中で、教師が自殺した。原因をいろいろと取《と》り沙汰《ざた》されたが結局わからなかった。

つづいてその年の十一月に別の教師が失踪《しっそう》してしまった。たてつづけに起きた事件だったので、マスコミでも大きくとり上げられた。

その当時は、亜子たちも、なぜなのか推理しあったものだが、今ではその事件を話題にする人も少なくなった。

ところが、その事件には少年が関係しているが、証拠《しょうこ》がないため逮捕《たいほ》されないといううわさが、いつのころからか広まりはじめた。

しばらくすると、だれが言ったのかわからないが、犯人は、西中の生徒らしいということになった。

そこで、犯人捜《さが》しがはじまった。

その結果、雷太の名前が挙がった。雷太の両親は、西中においておくのは問題があると思って、東中に転校させたらしい。

雷太がなぜそんなことを言われたのか、理由があるはずだが、そのことを雷太に聞く者はだれもいない。雷太も自分から話すことはしないということらしい。

亜子は、家に入るときは、外で何があっても元気のいい声を出すことにしている。

「ただいま」

「お帰り亜子ちゃん。それで今日どうだった?」

「ああ、もうさんざんだったよ。英理子《えりこ》さん」

英理子は、亜子の二番目の母親である。

亜子の本当の母親は、父親と学生結婚《けっこん》したが、亜子が生まれるとすぐ別れた。二人とも美大生だったが、ある日突然《とつぜん》イタリアに修行に行くから別れてくれと言ったらしい。

それ以来今日まで、どこにいるのかわからない。

亜子は性格も容貌《ようぼう》も母親似だと言われている。

二番目の母親英理子は、父親の研二《けんじ》が美大の講師時代の教え子で、卒業と同時に結婚した。亜子はそのとき五歳。

今亜子は十三歳だから英理子三十一歳。亜子にとっては、母親というより姉さんである。

二人で並んで歩いていると、姉妹にまちがえられる。英理子は、ちょっととぼけたところのある穏《おだ》やかな人である。

パソコンでグラフィック・デザインの仕事を家でやっている。亜子がメールをはじめたのは彼女の影響《えいきょう》である。

研二は今も美大の講師をしているが、教授と学生たちの間を取り持つ中間管理職だから、毎日雑用に追い回されている。

だから、今日も家に帰っていない。

亜子は、夕食をとりながら、英理子に今日の出来事を話した。

「そうだったの。人生ってそんなものよ。でも、ちょっと残念だったわねえ」

英理子は、それ以上は言わない。関心がないのではなくて、人の心のなかに、ずかずかと土足で踏《ふ》み込まないデリカシーがあるのだ。

お互《たが》いにそうだから、二人の仲は、けっこううまくいっている。

亜子が部屋《へや》に戻《もど》るとメールが来ていた。

アコへ

結果報告はやくよこせ

結果は期待してくれと前のメールで言ってしまっただけに、報告しろと言われるのはつらい。

ブブ

ブブへ

弁論大会は、さんざんだったよ。
みんな、しらーっとして、さむーい空気が体育館中に広がり、凍死《とうし》寸前までいったよ。
全部話す前に引きずり下ろされるし、
先生総動員でこってり絞《しぼ》られるし、
友だちは変な慰《なぐさ》めかたするし、
いけすかない転校生にいやみ言われるし、
今日は一日ひどいめにあったよ。
話かわるけど、去年の西中事件の詳細《しょうさい》を知ってたら教えてほしい。
もしかすると事件解決できちゃうかも!?

アコ

ブブは物知りだ。なんでも瞬時《しゅんじ》に答えてくれる。だから知らないことは、ブブに聞くことにしている。

アコへ

まあ、そうだろうね。

ラーメン屋で、主人と客を前にして、「こんなまずいラーメンよく食うな!」って言ったようなものだからね。

――ブブのやつ、弁論大会の結果がどうなるか、ちゃんと見とおしてたんだ。むかつく。

ブブ

M市立西中学校のことだね。去年10月、西中一年生担任の自殺から始まる未解決事件。あれは謎《なぞ》の多い事件だから興味があるが、今のところは、データ不足でコメントのしようがない。

なぜその事件に興味を持つのか、そのほうが興味がある。

亜子は、美佐に電話したくなった。そう思っていると電話が鳴った。出ると美佐からだった。

「電話しようと思ってたところ」

「へえ、テレパシーだ」

美佐は、派手な声を出した。男子はこの声を頭のてっぺんから出していると言うけれど、たしかにそんな感じだ。

「秋葉君と同じクラスの部活の友だちに聞いたんだけど、やっぱり彼が西中の少年Aよ」

美佐の話によると、面と向かって言うものはいないが陰《かげ》ではみんなから少年Aと呼ばれているらしい。

授業中に寝《ね》たり、ぶらっと出ていったり、普段《ふだん》から勝手気ままにやっているようだ。

担任は無視を決め込み、生徒たちは遠巻きにしている、彼から進んで話しかけてくることもないためクラスでは完全に浮《う》いている存在のようだ。

「そんなんじゃ勉強はできないでしょ」

「それがそうでもないらしいのよ。彼この間のテスト学年トップだって」

「うそーお？」

「わたしもそう思った。でもほんとだって」

「あいつ、授業中いねむりやエスケープばっかしてるって言ってたじゃない？」

「そうだよ」

美佐は否定しない。

「そんなことしてて、テストが一番なんて考えられない。そうか、きっとカンニングしてんだ」

「そうかもしれないね。きっとそうだよ」

美佐は単純である。そこが美佐のいいところだ。

「わかった。わたしは、みんなでカンニングしようって言った。これは一人だけカンニングしてるやつにとっちゃ困ったことになるじゃない？」

「たしかにそうだよね。ということは〜？」

「だから、わたしにケチをつけたんだ」

亜子は、なぜ雷太が話しかけてきたのか、やっとわかった。

「ねえ、美佐の部活の友だち、なんていう名前？」

「九鬼《くき》君。名前は恐《おそ》ろしいけど、おもしろい子」

「じゃ、こんど九鬼君紹介《しょうかい》して。雷太のこと、もっと知りたいんだ」

「それはいいけど、なんてったって秋葉君は少年Aだからね。気をつけたほうがいいよ」

「うん、わかってる。明日みんなで相談しよう」

亜子は、そう言って電話を切った。

翌日学校に行くと、三好が顔を合わせるなり、

「どうだ、昨日はこたえたか？」

と聞いた。

「はい」

こういうときは、ちょっとしおらしくする。

亜子の計算どおり、

「そうか、あんなに怒《おこ》ることはないと、おれは思ったんだが。ちょっとかわいそうなことをしたな。気を落とすなよ」

三好は根が優しいのだ。こんなことを言う教師は三好以外だれもいない。

「大丈夫《だいじょうぶ》です」

亜子は、しおらしげな顔をしてみせた。

4

その日授業が終わると、部室で作戦会議を開くことにした。

新聞部の部室は六畳《じょう》ほどで放送室のとなりにあった。中はパソコン一式とデジタルカメラ、文化部の企画《きかく》や運動部の成績表などの諸々《もろもろ》の資料にうずもれている。

集まったのは、亜子、洋平、恭助の三人と、一組の九鬼がやって来た。

「それでは、九鬼君から話して」

「秋葉は部活動をしていない。うちの学校に親しくつき合ってる友人はほとんどいないみたいだ」

「でも教室をぶらっと出ていくのは携帯《けいたい》がかかってきているからみたい。親しそうに話しているのを見た子がいるっていってたわ。仲間がいないわけではないらしいわ」

亜子も自分が聞き込んできたことをみんなに伝えた。

「たしかに、この間のテストの学年トップはあいつだったらしい」

洋平が報告した。

「先生達も驚いているらしい、でもただ単に西中のほうが授業が進んでいるだけなのかもな」

「あいつが三年の高橋《たかはし》グループをぼこぼこにしたのは、おれたちの間では有名な話さ。どう考えても、あいつ一人でそんなことができるわけがねえ。凄腕《すごうで》の仲間がいるらしいぜ」

そっち方面に強い恭助の報告によると、高橋グループとは、中三の高橋義春《よしはる》を中心とした不良の集まりで、万引き、恐喝《きょうかつ》などはあたりまえ。悪いことには、なんでも手を出している。

特に高橋と難波《なんば》真吾《しんご》は底意地が悪く、けんかも強い。怒らせると大変だ。変なルールを後輩《こうはい》に押《お》しつけ、守らないものは、ひどいめに遭《あ》わせている。教師や校則なんかより、先輩面した連中や、そいつらのルールのほうが、生徒たちを支配している。

有名人の亜子も、当然一時期からまれたことがあるが、恭助の口ききと亜子の人徳で、とりあえずはおさまっていた。

恭助は、難波とは家が近く、子どものころよく遊んだから特別なのだと言った。

「それ、松岡《まつおか》兄弟がやったんだと思う」

九鬼が言った。

「吉祥寺《きちじょうじ》の松岡兄弟か？」

恭助が問いただすと、九鬼はうなずいた。

「クラスメイトに、秋葉が松岡兄弟と仲良さそうにいっしょにいるところを見たっていってたやつがいた」

「それ誰《だれ》だ、うちの学校の生徒か？」

洋平が聞いた。

「うちの生徒じゃねえ。有名なやつさ」

「わたしは知らないよ。なんて名前？」

亜子がきいた。

「名前は、松岡健《けん》と康《こう》。合わせると健康だ。吉祥寺をよくうろついている双子《ふたご》の不良さ」

「恭助、友だちか？」

洋平が聞いた。

「おれは、うわさを聞いただけだ。話をしたこともない」

恭助が首を振《ふ》った。

「するとあいつ、おれたちとはつき合わないで、そんな仲間がいるんだ」

洋平が言うと亜子が、

「西中の生徒かしら？」

と言った。

「西中じゃねえ」

「そいつら、どんなやつらなの？」

亜子は、恭助に聞いた。

「背はけっこう高い。一人でもけんかがめちゃ強いんだけど、二人が組むと五倍の頭数でもかなわない。高橋が一発でやられたってのもわかる」

「あの高橋がか？」

「高橋って強いの？」

亜子が聞いた。

「新聞部のくせにそんなことも知らないのか、三年の番長で、うちの学校では一番強いといわれてた。だけど、あんなに簡単にボコボコにされたんじゃ、もう高橋グループは終わりだな」

「秋葉とその双子とどんな関係なんだろう？」

洋平が言った。

「雷太は間違《まちが》いなく、何か企《たくら》んでいるわね。有名な不良を抱き込《だ》んでるなんて何から何まであやしいわ。また、だれかを殺すつもりかも」

亜子は、もう雷太を殺人犯と決めつけている。

「西中に友だちがいるから、西中で秋葉が何をやったか聞いてみる」

九鬼が言った。

「おねがい。あいつのことなら、なんでもいいから調べて」

亜子が言うと九鬼が、

「何でそんなに秋葉にこだわるんだ？」

と言った。

「だってあいつ秘密があるじゃん。秘密ってわたし好きなのよ」

「部長の十八番《おはこ》が出た」

洋平は亜子の顔をのぞきこんだ。

「ほかに何があるっていうのよ？」

「あいつにこけにされたから、復讐《ふくしゅう》したいんじゃないか？」

「それもあるかもしれない」

でも、それだけかな？　亜子は自分に問いかけてみた。

「亜子！　彼、いま学校から帰って行ったよ」

雷太を見張っていた美佐が、部屋《へや》に駆《か》け込んできた。

「いよいよね、じゃあ、わたし、あいつのあとをつける」

「あいつは、怪物《かいぶつ》だから気をつけたほうがいい。油断したらやられちゃうよ」

美佐が声をひそめて言った。

たしかに、そうかもしれない。でもやる。

亜子は、部室を飛び出した。

ブブへ
「カンニングのすすめ」になんくせつけたいやみな転校生。

名前はライタ、彼こそ西中の事件の関係者だった。

西中にいづらくなってうちの学校に転校してきたみたい。

みんな陰《かげ》では少年Aなんて呼んでいるけど、怖《こわ》がって誰《だれ》も近づかない。

授業でいねむりばっかりしているくせに、学年一の成績だったり、まともな友人はつくらないくせに怪《あや》しい連中とはつるんで、うちの学校の不良グループをあっというまにけちらしたり、何から何まで怪しいって感じ、絶対また何かたくらんでいるって思う。

それで今日彼のあとをつけたんだけどまかれちゃった。

慌《あわ》ててあたりを探していると、うしろから肩《かた》をたたかれて、ふりむくと彼だった。「何やってんだ？」って、適当にごまかしておいたけどあせったよ。

明日こそきっと秘密をあばいてやる。

どうしてっていうかもしれないけれど、これじゃあだれだって興味が湧《わ》くと思わない？

アコへ
それって大丈夫《だいじょうぶ》なのかな？
もしかすると殺人犯かもしれないいなら迂闊《うかつ》すぎないかな？
でも普通《ふつう》、すねに傷を持つ者は、もっと大人《おとな》しくしているものじゃないのかな？
いづらくなって転校してきたならなおのこと猫《ねこ》を被《かぶ》るのでは？
彼の行動はあえて何かを挑発《ちょうはつ》しているようにも感じる。
疑問形ばっかりでゴメン。
個人的には、深入りしない方がいいと思う。
ブブ

5

秋葉雷太のクラス担任西口弘明《にしぐちひろあき》は、新米の数学教師である。
西中の少年Aとうわさされた雷太が転校して来ると聞いたとき、いやな予感がした。
二年の担任で、生徒の数も少なかったし、何より一番年下なので押《お》しつけられると覚悟《かくご》していた。

案の定、秋葉雷太は、西口のクラスに入って来ることになった。

教頭をはじめ、口では、

「みんなで力を合わせて事にあたりましょう」

などと言ってはいたがほとんどの教師が口先だけなのはわかっていた。

西口は、秋葉というのがどんな生徒なのか、不安がある一方腹をくくって待っていた。

ところがいざ転校して来ると、いささか拍子抜《ひょうしぬ》けした。

成績も優秀《ゆうしゅう》だし、授業妨害《ぼうがい》するようなこともなかった。

とっぴな行動をすることもあったが、さわらぬ神にたたりなしをきめこむことにした。

「西口先生、どうですか、秋葉は？」

二組の三好が声をかけてきた。気をつかってくれるのは彼くらいのものだった。

「とりあえず順調です。心配はとり越《こ》し苦労でした」

「油断は禁物ですよ。テスト、一番だったと生徒たちが言ってましたが、本当ですか？」

「本当です。秋葉はすごく優秀ですよ。ぼくが教えることくらいは、すべて理解しているようです」

「もしかして、カンニングなんてことはないでしょうね？」

三好は疑わしそうな表情をした。

「いいえ、それはありません」

西口は強く否定した。

「そうですか、それは楽しみですね。ぼくもそんな生徒を持ってみたい」

三好は、社交辞令とも思えない複雑な顔をした。

「それはそうですが、授業中彼に見つめられていると、口に出しては言わないんですが、なんとなくばかにされているような気がして、変に緊張《きんちょう》してしまうんです。こういう経験ってありませんか？」

西口は、逆に三好に質問した。

「ぼくも、品定めされてるように感じることあるなあ」

三好は社会の授業をしているが、ときどき鋭《するど》い質問に立ち往生することがあると言った。

「そういうときはどうしますか？」

西口は先輩《せんぱい》の意見を聞いてみたくなった。

「しかたない。そのときは知らないと兜《かぶと》を脱《ぬ》ぐんです。変にごまかすよりは、このほうがばかにされません。教師の知識なんて、たかがしれていることくらい、子どもたちは先刻承知です。それでも格好つけようとしたら教師ははだかの王様ですよ」

「なるほど、いい勉強になりました」

「秋葉というのは興味あるな。どんな家庭ですか？」

「自宅は西中学区内で、どこにでもあるふつうの共働き両親です。と言っても、転校で秋葉をつれて来たとき、少し話をした程度ですが」

「そういう家庭でどうしてそんな異端児《いたんじ》が生まれるのかなあ。突然変異ですか」

「それより、先生のところの神藤はどうなんですか？　あの子も変わっているじゃないですか？」

西口は、話題を変えた。

「ははは、面白《おもしろ》いでしょう？」

西口は、三好が手を焼いているという答えを予期していたのだが、意外な反応に拍子抜けした。

「ふつう、ああいう場所で、あんなこと言えるやつはいませんよ。自分では、いいこと思いついたと意気揚々《ようよう》発表したんでしょう。ところが、全然受けなかったので意気消沈《しょうちん》でした」

「なるほど、そういう見かたもありますか」

西口は、三好の懐《ふところ》の深さにあらためて感心した。だから、三好のクラスの生徒たちは伸《の》び伸《の》びしているのかもしれない。

「おかげでこっちは、教務主任に大目玉ですわ」

三好は、そう言いながら嬉《うれ》しそうに笑った。

「ところで例のうわさですが」

三好は、急に話題を変えた。

「西中の事件ですか？」

西口は、とたんに表情がこわばった。

「そうです。最近また生徒たちが口にしはじめているのをご存知ですか？」

「いいえ、知りません。あれは、もう消えてしまったとばかり思っていましたが。それは、だれかが意図的に流しているんじゃないですか？」

「だれかって、だれですか？」

三好が聞きかえした。

「はっきりした証拠《しょうこ》はないのですが、どうもそんな気がするのです」

「ところで秋葉が、三年の高橋をぼこぼこにしたという話を聞きましたか？」

「高橋というと、あの番長の？」

「そうです。それ以来やつらの影《かげ》がうすくなったと生徒が言ってました」

「知りませんでした。秋葉はそんなにけんかが強いんですか？」

「そのようです。彼はふつうの中学生ではありません」

「ふつうでなければ何ですか？」

西口は聞きかえした。

「少年Aですよ。これはじょうだんですが、生徒たちはそう言っています」

「なるほど、そういうことですか？」

秋葉には、ふつうの生徒にはない、ぞっとするような凄《すご》みみたいなものがある。そのことははじめて見たときから感じていた。

あれは、いったい何だろう？

「先生は、秋葉のことを少年Aだと思っていらっしゃるんですか？」

「まさか。そこまでは思っていませんよ」

三好の表情を見ていると、笑ってごまかしたなと思った。

「話は変わりますが、自殺した西中の市原《いちはら》先生は、ぼくと前の中学で一緒《いっしょ》でした」

三好は、なぜ急にこんな話題を持ち出したのだろうと西口は思った。

「それは初耳でした」

「西口さん、あの事件に興味をお持ちでしょう？」

「教師ならだれでも関心をもちますよ」

「そうですよね。市原君のことですが、ぼくが彼とあった最後ですが、妙《みょう》なことを言っていました、亡くなる十日ほど前です」

三好は目を遠くに向けた。ちょっと間があってから、

「彼が職員室で、一人だけ居残りしていたときのことです。夜の九時頃といいますからそれほど遅《おそ》くではありません」

三好は、そこで一息ついた。

「廊下《ろうか》から、先生と呼ぶ声がしたのだそうです。その声は、たしかに子どもだったそうです。こんな時間にだれだろう？　市原君は、職員室の戸を開けて廊下を見たところ、廊下にはだれもいなかったそうです」

「幻聴《げんちょう》だったんですか？」

西口は、不安を打ち消そうとして言った。

「ぼくもそう言いました。しかし彼は、絶対幻聴ではないと言い張りました。彼は理科の教師で、オカルトには興味のない男でしたから、彼の言うことを信じないわけにはいかなかったのです」

「それでは、生徒のいたずらじゃないですか？」

「ところが、先生と言う声は入り口のところでしたから、廊下に隠《かく》れる場所はないと言うんです」

そう言われれば、たしかにそうだ。何もない廊下のどこにも、隠れる場所がないことは、西口にもわかる。

「そうなると、市原先生のじょうだんということになりますね？」

「それも言いました。しかし彼は、じょうだんではないと真顔で言いました。もともと彼はじょうだんなんか言うタイプじゃないんです」

「それは、気味の悪い話ですね」

西口は、背筋がぞくぞくしてきた。

「あとで考えると何か悩《なや》み事《ごと》をかかえ、精神的に追《お》い詰《つ》められていたんではないかと。あれは彼の救いを求めるサインだったのかもしれません」

「市原先生は、井《い》の頭《かしら》公園で遺体が発見されたんでしたよね？」

「そうです。池の中で水死していたのです。彼は、水泳が得意だったので、あんな浅い池で溺《おぼ》れるわけがない。そこで、自殺か他殺か問題になったのですが、結局他殺の証拠《しょうこ》が出てこないので、事故死か、自殺ということになっているのです」

「先生は、どちらだと思われますか？」

三好に聞いてみた。

「死ぬ前の妙な行動からすると、自殺かとも思いますが、それもちょっと不自然だし。わかりません」

三好は首を振《ふ》った。

「事故というのもどうも納得できません。それではなんだ？　と言われたら、これも答えようがありません」

それが、西口の正直な感想であった。

「つまり謎《なぞ》だということです。だから、いろいろなうわさが飛び交うのです」

三好の言うとおりかもしれないと思った。

「彼の自殺は、去年の十月、その年の十一月には奥野《おくの》君の失踪《しっそう》。これは単なる偶然《ぐうぜん》でしょうか？」

三好がつづけた。

「それは、ぼくも気になります。しかし、もし偶然でなければ、なんですか？　まさか、それはないでしょう」

西口は、三好の顔をのぞきこんだ。

「他殺は困ります」

三好は強い調子で言った。

時間は夕方の五時に近い。三好とわかれた西口は、自分の車で学校を出た。

しばらく走っていると、向こうから秋葉がやって来るのが見えた。

声をかけようと思ったが、秋葉は全然こちらに気づいていないようなので、そのままやり過ごしてしまった。

それから数十メートルほど後ろに、神藤亜子が刑事物のドラマよろしく、こそこそ隠《かく》れながら急ぎ足でやって来る。あからさまに行動が怪しい。

西口は車を道端《みちばた》に停《と》めた。

「神藤、何してるんだ」

窓から顔を出して声をかけた。

亜子は、びっくりしたように車のほうを見たとたん、人差し指を口に当てたまま走り出した。

その慌《あわ》て方は尋常《じんじょう》ではない。

――あいつ、どこへ行くんだろう。

西口は、三好のいっていたことを思い出し急に愉快《ゆかい》になってきた。

――たしかに神藤亜子は面白《おもしろ》い。

6

ブブへ
今日はいいせんいってたのに途中《とちゅう》で先生に呼びとめられ見失ってしまったよ。

自宅を見張っている友だちと合流して8時頃まで待ったけど帰ってこなかった。

いったい何処《どこ》で何しているんだろう?

彼の行動はあえて何かを挑発《ちょうはつ》しているようにも感じる。

たしかに私も挑発された。だからこそ何かたくらんでいるのは確かだと思う。

それどころか西中の事件はまだ続いているんじゃないかと思う。

みんな気を回してライタをアンタッチャブルにしているけど、それこそ彼の思う壺《つぼ》、多少危険でも放っておいたらうちの学校もどうなるかわからないって私のカンがそういってる。

あいつのしっぽをつかむまであきらめないぞ!

こうなれば明日は変装でもしようか。

アコ

アコへ
もう彼には尾行《びこう》してること、ばれているのでは？
いっそ本人に正直に聞いてみてはどう？
案外、なーんだってことになるかも。
ネバー・ギブアップはいいけれど、それではストーカーかも。
ブブ

ストーカーはひどい。亜子は、学校へ行く途中ずっとそのことを考えていた。

「部長」

急に後ろから呼びかけられて、思わず飛び上がった。

「どうしたんだ？」

洋平が怪訝《けげん》そうに聞いた。

「ちょっと考えごとしてたの」

「秋葉のことだろう？」

「どうしてわかる？」

亜子は、あらためて洋平の顔を見た。

「おれは、部長のことなら何でもわかるんだ」

洋平は、にやにやしている。

「あいつの尾行、昨日もまたしくじっちゃった。でも今度はわたしのせいじゃないよ。西口に邪魔《じゃま》されたんだ」

亜子は、昨日の出来事を洋平に話した。

「ついてなかったな。おれのほうは収穫《しゅうかく》があったぜ」

「ほんと!?」

亜子は、思わず声がはずんだ。

「秋葉の友だちを見たんだ。井の頭公園で、あいつと話してるところを」

「へえ、そいつ、どんなやつだった？」

「顔色が悪い、あれは病人だよ。車椅子《くるまいす》に乗ってて。それをあいつが押《お》してた」

「その子、うちの学校の生徒？」

亜子が聞いた。

「見たことのないやつだ」

「親しそうだった？」

「うん、とっても。学校で見る秋葉とは全然違《ちが》って優しそうな顔してた」

――それが、少年Aのやることだろうか？

「あいつの兄弟かな？」

「いや、そうは見えなかった」

恭助がやって来た。いつもと違って深刻な表情をしている。

「高橋のグループが秋葉を狙《ねら》ってるぜ」

「でもどうやって？　秋葉に勝てるのか？」

洋平が言った。

「秋葉にこてんぱんにやられたってうわさが広まっちゃって何かしねえわけにはいかないだろう？」

「何するつもり？」

「まともにやったら勝てねえから、卑怯《ひきよう》な手を考えてんじゃねえかな」

「卑怯な手って何よ？」

亜子は、ちょっと心配になってきた。

「たとえば、闇討《やみう》ちするとか、手はいくらでもあるさ」

「闇討ちって、夜やるんでしょう？」

「部長の天然ぼけには呆《あき》れるぜ。闇討ちは夜に決まってるだろう」

洋平が笑った。

「それって汚《きたな》いよ。わたし、そういうの嫌《きら》いだよ。むかつく」

「亜子ならそう言うと思った。秋葉に教えてやれよ」

洋平が言った。

「あいつだけは別、わたしの知ったことじゃないよ。やられればいいのよ。あいつ生意気なんだから」

そうは言ったものの、内心ちょっと不安になった。

――なんで？

亜子は、自分に問いかけた。

その日亜子は、廊下《ろうか》で雷太とすれちがった。さっき恭助から聞いた、狙われているということを話そうと思ったが、雷太が亜子を無視しているので、言いそびれてしまった。

――そっちがそうなら勝手にしろだ。

授業が終わったとき、洋平がやって来て、

「今日もつけるのか？」

と聞いた。

「もちろんよ。あいつの何かをつかむまではね。ネバー・ギブアップよ」

洋平は、そう言い残して行ってしまった。

「そうか」

今日こそ、あいつの正体を見てやるぞ。

亜子は、校門から出て行く雷太のあとをつけた。

雷太は、途中《とちゆう》まではいつもの道を歩いていたが、それから急に右に曲がった。この道を行けば井の頭公園に出る。

すると、また車椅子の少年と会うつもりだろうか？

亜子の予感どおり雷太は井の頭公園に入って行った。公園には、人はまばらにしかいない。

亜子と雷太の距離《きより》が縮まったので木陰《こかげ》に身を隠《かく》した。そこから雷太の後ろ姿を目で追いかけていると、突然《とつぜん》雷太の姿が消えた。

亜子は、木陰から飛び出した。あたりを探したが、雷太は、どこにもいない。

——またやられた。

亜子は、体がかっと熱くなった。そのとき、池《いけ》の端《はた》を車椅子を押しながら歩いている雷太の後ろ姿が見えた。あれが洋平の言った少年だ。

亜子は、雷太との距離を縮めた。十メートルほど近づいたが、雷太は、全然気づいていないようだ。

車椅子を押しながら、とうとう公園を出て行った。

どこへ行くつもりだろう？

雷太は、車椅子の少年と何か話しながら、ゆっくりと道の端《はし》を歩いて行く。

やがて小さな三階建てのビルが見えた。一階はコンビニである。雷太はコンビニに入るのかなと思って見ていると、そのビルの脇《わき》にまわってドアを開けると、車椅子を押して中に入って行った。

亜子はドアの前まで行った。入り口のガラス戸に『悠遊塾《ゆうゆうじゆく》』と小さな看板が出ている。

――なんだ。

亜子は、ちょっとがっかりした。雷太のことだから、もう少しましなところに入って行くと思っていたからだ。

雷太もふつうの中学生じゃないか。過大評価し過ぎていたようだ。

その夜の十時。亜子は洋平に電話した。今なら塾から帰って来ている時間だ。

「今日井の頭公園で、車椅子の少年を見たよ」

「そうか、やっぱり秋葉が押してたか？」

「あとをつけたんだ。どこへ行ったと思う？」

「そんなこと知るわけないだろう。教えろよ」

「驚いちゃいけないよ。塾」

「塾？」

「そうだよ。公園の近くにある『悠遊塾』」

「聞いたことない。それ、大きい塾じゃないな」

「わたしも、はじめて聞いた名前」

「『ゆうゆうじゅく』ってのは、悠々と遊べってことだろう？　塾の名前らしくないな。それじゃ、みんな行かないよ」

「そうだね。でもあいつ、遊んでるふりして塾でちゃっかり勉強してるなんて、やりかたがせこいね」

「あいつも、怪物《かいぶつ》ではなかったってことか」

「ちょっとがっかり。でもいいか」

亜子は、雷太がふつうの少年だと思うと、少しばかり安心した。

「それはいいとして、車椅子なんか押してたらヤバイぜ」

「そうだね」

亜子は、そのことをすっかり忘れていた。するとなぜだか急に不安になってきた。

ブブへメールを送りたくなった。

ブブへ
ライタをつけて井の頭公園まで行くと、少年を乗せた車椅子を押しているんだ。

それからどこへ行ったと思う？　塾だよ。

ガリ勉して良い点取ろうなんて、あいつもふつうの中学生だって思ったら拍子抜《ひょうしぬ》けしちゃったよ。

なーんだって、ブブのいってたとおりかも。

だけど、車椅子を押す姿はわるくない。けっこういいやつかも。

それともう一つ、今日学校で聞いちゃったんだけど。ライタにやられた不良グループがリベンジしようと彼をねらってるんだって。

彼がふつうの中学生とすればけっこう心配かも。

そうだ明日は今までのことは水に流して教えてやろう。

　　　　　　　　　　　　　　　　　　　　アコ

アコへ

あっはっは。

今回のメールは面白《おもしろ》かった。

そういうことってあるものさ、人の噂《うわさ》なんてあてにならない。

昨日はストーカーなんていっちゃったけど、自分の目で確かめようとする君の行動力にはいつも敬服するよ。

ガリ勉はげんめつってのはちょっとひどいなあ。努力にはそれなりの評価をしてやってもいいと思うよ。

彼が車椅子を押してるのを見て、ぐっときたらしいけれど、アコはまだまだあまいよ。

それではまるで、車椅子の少年と付き合っているのだから彼はやさしいいいやつだといっているみたい。

たぶん、その車椅子の少年とライタは、単なる友だちなんだろう。友だちがいっしょにいるのは当然だと思うよ。

ブブ

明日学校に行ったら、雷太に『悠遊塾』のことを聞いてやろう。そのとき雷太はどんな反応を見せるだろう？

II章　『悠遊塾』

1

翌朝、学校に出かけた亜子は、塾《じゅく》のことを雷太に聞こうと思った。一時間目がおわるのを待って、一組に出かけた。

雷太の姿を捜《さが》したが見えない。小学校のときからの友だちの依子《よりこ》に聞いてみると、まだ来ていないと言う。

「休んだの？」

「遅刻《ちこく》は常習なんだから。そのうちに来るでしょう」

「先生はおこらないの？」

「おこらないよ」

依子は、気にもとめていない。

――そんなのありか？

亜子は、雷太のわがままにむかついてきた。

その日、雷太は学校を休んでしまったらしく、会うことはできなかった。

こうなったらしかたない。一人で塾に行ってみようと思った。

昨日見ておいた塾の前までやって来た。一階のコンビニの脇《わき》にまわり、ドアの前まで行ってノックした。

中から応答がないので、ノブをまわすとドアは内側に開いた。目の前に階段がある。その奥《おく》の突《つ》き当たりにエレベーターのドアがある。そこから車椅子《くるまいす》で上に上がったにちがいない。

亜子は、階段を上がった。二階のドアをあけると、60平方メートルくらいの教室があり、丸い大きなテーブルといすが十脚《きゃく》ほど並んでいるだけで、人はだれもいない。

「ごめんください」

亜子は、奥に向かって大声を出した。

だれも出てこないのかと思っていると、奥から中年の婦人が顔をだした。

「あの、この塾に入りたいんですけど」

亜子は、ひとまずそう言ってみた。

「表の看板を見て来たの？」

婦人はにこにこしながら言った。

「そうなんです」

そう聞かれたら、こう言うしかない。

「よくあんなちっぽけな看板をみつけたわね」

「コンビニに来て偶然《ぐうぜん》みつけたんです」

こういう聞き方は取材のイロハである。

「あらそう。うちもむかしは盛んにやってたんだけど、今は募集《ぼしゅう》を中止したの」

婦人は気の毒そうな顔をした。

「でも塾生はいるんでしょう?」

「いることはいるけど、勉強はしてないわ」

「勉強しないで何してるんですか?」

「わたしは知らないけれど、きっと遊んでるんでしょう」

「それって楽しい。わたし勉強嫌《きら》いなんです」

「あなた中学はどこ?」

婦人がびっくりした顔で亜子を見た。

「東中です。うちの学校の子もここへ来ています」

「だれかしら?」

「秋葉雷太君」

「雷太君のこと知ってるの?」

婦人の声が変わった。

「友だちではありませんけど名前は知ってます。彼、学校では不真面目《ふまじめ》なくせにテストの成績はいいんです。それは、この塾のせいじゃないかと思って来てみたのです。さっきは偶然通りかかったと言いましたが、あれはうそです」

「あなたって面白《おもしろ》い子」

婦人は、亜子が気に入ったのか、すっかりうちとけた口調になった。

「雷太君の成績のいいのは知ってるわ。でもそれはこの塾のせいじゃないわよ?」

「じゃどうしてですか?」

「さ、それはわからない。きっと頭がいいのよ。だから勉強なんてする必要ないんじゃない?」

「だったら塾に来ることないじゃないですか?」

亜子は突っこんだ。

「彼はここに息抜《いきぬ》きに来るんでしょう」

婦人は、するりと逃《に》げた。

——どうも、納得できない。

「あの、昨日雷太君は車椅子の子を連れてここに入って行きました。その子もここの生徒ですか?」

「ああ、シュンのこと?」

「シュンってだれですか?」

「シュンはわたしの息子《むすこ》、交通事故で足が不自由になり、それから車椅子の生活をしているの」

婦人は舜《しゅん》という漢字を書いてくれた。

「舜君は、雷太君と友だちなんですか?」

「ええ、小学校が一緒《いっしょ》だったの」

「へえ、そうだったんですか」

「雷太君って、それは舜に優しいの」

あいつにそんな面があるなんて、とても想像できない。亜子は、また頭が混乱してきた。

その日は、ずっと前に作ったというパンフレットをもらって帰ることにした。

パンフレットは、一枚の紙に、プリンターで印刷した粗末《そまつ》なもので、これでは、大抵《たいてい》の人は塾に入ろうとは思わないだろう。

そんな塾になぜ雷太は通っているのだろう？

塾を出て歩き出したが、その謎《なぞ》が頭の隅《すみ》にひっかかって離《はな》れない。しばらく行ってから再び塾へ引き返してみようという気になった。

塾の見える場所で、十分ほど待っていると背の高い二人連れの少年がやって来た。二人の顔はそっくりだ。

見たとたん、この二人がけんかの強い双子《ふたご》の健と康だと思った。

二人は、コンビニには入らずに、ビルの脇のドアを開けて中に入って行った。

この二人がどうして塾なんかに行くんだろう？　この二人と塾とは違和感《いわかん》がありすぎる。

ここでいったい何をしているのだろう？

それから十分待っても雷太はあらわれない。これ以上雷太を待っているのがばかばかしくなったので、井の頭公園を通って帰ることにした。

亜子が家に帰ると、待っていたように電話が鳴った。出ると、洋平からだった。

「さっきから何度も電話してたけど、いなかったじゃん。どこに行ってたんだ？」

「取材よ。『悠遊塾《ゆうゆうじゆく》』へ行ってた。どんな塾か知りたかったから」

「どうだった？」

洋平が聞いたので、そこで見たり、聞いたりしたことを話した。

「何だよ、それで塾か？」

洋平が呆《あき》れている。

「でしょう。わたしもそう思う。でもそうすると、雷太が一番をとれる理由がわからなくなるじゃん？」

「そうだなあ」

洋平は黙《だま》ってしまった。

「洋平の行ってる塾なんて、もっとちゃんとしてるでしょう？」

「もちろんさ。いろんな中学から、すげえのがやって来るから、競争はきびしい。みんなかりかりしてるよ」

「それが進学塾だよね。といっても、わたしは、そういうの嫌《きら》いだけど」

「だから亜子は、いい成績が取れねえんだ」

「わかってます」

亜子は、成績が悪いことで、いくら教師からいやみを言われても苛《いら》ついたことは一度もない。

「そいつたち、塾はカムフラージュで、何か悪いことやってんじゃないのか？」

「何かって、何よ？」

「どうせいいことじゃないだろう。なんてったって少年Aだからな」

洋平は、よくないことと決めつけているが、亜子は、そうは思わない。なぜかというと、あの塾を見た印象が、悪のにおいを感じさせなかったからだ。

ブブへ
今日、例の塾に行ってみたんだ、名前は悠遊塾、じつはその塾、車椅子の少年の自宅なんだって、その少年はシュンといってライタとは小学校以来の親友だった。

これはシュン君のお母さんから聞いたはなし。

それと、塾とは名ばかりで、もう勉強も教えていないとも言っていた。

あ〜あ、ライタの成績の秘密はまた振《ふ》り出《だ》しに戻《もど》ってしまったよ。

でも悠遊塾は何かある。だってわたし、ライタの仲間の不良があそこに入るのを見たんだもの。

アコ

アコへ
アコは悔《くや》しいかもしれないけどライタはきっともともと頭が良いのかもしれないよ。なにか特別な勉強法があって隠《かく》している可能性はあるけど。けっきょく成績っていうのは抜《ぬ》け駆《が》けするものが勝つんだから。

ブブ

2

西条公人《さいじょうきみと》は、今年七十二歳になる。日本の大学を出てから英国のオックスフォード大学に入り比較《ひかく》文学を研究、そのまま英国に滞在《たいざい》していたが、七年前に妻を亡くし、日本へ帰国、大学で五年ほど教えたあと退職して、現在は気ままに著作活動をしている。

住所は、親の代から井の頭公園の近くにあり、広い敷地《しきち》の一角にある洋館に、一人で住んでいる。

西条は、春夏秋冬いつも井の頭公園を散策している。一日のうち朝、昼、夕方と三度も出かける。そこは、まるで自分の庭みたいなものである。

一年前のことだった、西条は、公園の遊歩道を車椅子を押《お》しながら歩いている婦人を見かけた。車椅子には小学生くらいの少年が乗っていた。

二度、三度と公園で見かけたある日、西条は婦人に話しかけた。婦人は、問わず語りに身の上話をはじめた。

婦人の名前は磯辺《いそべ》晴子《はるこ》、少年は舜という。父親の堯《ぎょう》はこの近くで小学生相手の学習塾をやっていた。

堯の教え方がうまくて子どもたちの評判になり、狭《せま》い教室は、いつも生徒たちでいっぱいだった。

二年前の春、堯の運転していた乗用車が交通事故に遭《あ》い、堯は即死、舜は両脚《りょうあし》を骨折して歩くことができなくなった。それ以後車椅子の生活をするようになったと晴子は淡々《たんたん》と話した。

「学習塾のほうはどうなったのかね？」

西条は、それが気になった。

「私もむかし教師をやっていましたので、代ってやっています。あたりまえのことですが、生徒はほとんどやめてしまい、今は数人を相手に細々とやっています」

「塾の名前は何というのかね？」

「『悠遊塾』といいます」

「それはいい名前だ。つけたのは、ご主人かね？」

「そうです。主人は小学校の教師をしていたのですが、教育方針のことで校長とけんかして、学校を辞めてしまい、塾をはじめたのです」

「あなたのご主人が、どんな教育をしたかったのか塾の名前からわかる。人生悠々《ゆうゆう》だ」

「それにしては死に急ぎました」

晴子は意外にさっぱりした表情をしている。この人は生来明るい性格に違いない。西条は、晴子に好感を持った。

「君は何年生？」

西条は、晴子の脇《わき》で、涼《すず》やかな目をしている舜に聞いた。

「六年です」

「本は好きかね？」

「大好きです」

「それじゃ、今度わたしの家においで」

そんな出会いがあってから、舜は西条の家にやって来るようになった。といっても、一人では来れない。いつも母親の晴子が車椅子を押してやって来た。

舜は稀《まれ》にみる聡明《そうめい》な少年であった。そのことがわかるにつれ、大学で講義したのと同じレベルの西洋史を教えた。

舜は西条の講義を目を輝《かがや》かして聴《き》いたが、特にケルトが好きで、何度も話してくれとせがんだ。

はるか昔、ヨーロッパの三分の二はケルト人のものであった。つまり、三人に二人はケルト人の子孫だというのに、ヨーロッパの人たちは自分たちの祖先について、信じられないほど無知である。

現代のヨーロッパを知るためには、ケルトを知らなくてはならない。

西条がケルトを研究の対象にしようと思ったのは、そういう理由からだった。

「ケルト」とは、紀元前六百年頃に、古代ギリシャ人が西ヨーロッパにいる異民族を〝ケルトイ〟と呼んだことにある。

ケルトの原点にあたる古代ケルト人は、文字を持たず、自らの歴史を書き残さなかった。それは、部族に伝わっている歴史や秘伝を守るためと考えられるが、このため、ケルトの世界は謎《なぞ》めき、実体をとらえることは難しいと言われている。

ケルト人は、古代ヨーロッパの中部と西部に住み、彼らは、インド＝ヨーロッパ語族に属するケルト語を話していたが、人種的なことは、はっきりしないことが多い。

ギリシャ・ローマの古典には、長身、金髪《きんぱつ》、青色（または灰色）の目をしているという北方人種的特色を記している。

しかし、現在ブルターニュやスコットランド、アイルランドにいるケルト人は、中背で浅黒い皮膚《ひふ》を持っている。これらの食《く》い違《ちが》いは、広い地域に住むケルト人が様々な人種と混血したために生じた。その意味ではケルト人には、人種的な統一的特色がないと言える。

ケルト神の起源は、青銅器時代である紀元前三〇〇〇年の終わりごろと言われている。そして、紀元前二〇〇〇年には、ケルト人世界が形成されつつあったとみられるようになった。

青銅器時代末期までは、ヨーロッパ大陸の定着農民は死者を土葬《どそう》にしていたが、やがて火葬を行い、灰を骨壺《こつつぼ》に納めて葬《ほうむ》る人々が現れる。彼らは、骨壺を一箇所《いっかしょ》に集めて葬り、墓地を作るようになった。

これを行ったのが、原ケルト人と呼ばれ、ケルトの先祖として考えられる人々である。

ケルト人の原住地は南ドイツと考えられるが、彼らは、紀元前九世紀頃から移動をはじめた。最盛期にはブルタニア（現在のイギリス）、ガリア（フランス）、イベリア（スペイン）、西ドイツ、北イタリア、バルカン半島にまでと、ヨーロッパ各地に勢力を拡大していった。

ケルト人たちは、川に沿って移動をした。その移動する先は、定着農民が住んでいたと考えられるが、しかし、その農民たちはケルト人によって簡単に駆逐《くちく》されていく。定着農民とケルト人を分けることになったのは、鉄器の使用だった。鉄器は青銅器に比べればはるかに加工しやすく、剣《けん》や銛《もり》が簡単に作れ、先住民との戦いには大いに役立った。ケルト人は、好戦的な民族との評判があるが、それは当時から文字で記録をする習慣のあったギリシャやローマによる見方でしかない。

初期鉄器時代である〝ハルシュタット文化〟の西部から発生した後期鉄器文化である〝ラ・テーヌ文化〟の所有者は明白にケルト人であった。

エジプトやギリシャ、ローマなど、同時代の文明との比較《ひかく》で、ケルトを際立たせるものに、宗教性がある。

エジプト、ギリシャ、ローマでも、神々のために大きな神殿を建てたり、王のための巨《きょ》大《だい》な墓が建てられることがあるが、ケルトに関して言うと、そうした巨大な宗教的建築物がないのが特徴《とくちょう》である。

ケルトの中の宗教は、自然の中に神聖なものを見つける自然信仰《しんこう》であり、緑の森や泉や河、湖が彼らの信仰対象だったのだ。

ケルトの宗教は、神官をドルイドと言うことから〝ドルイド教〟と呼ばれる。霊魂《れいこん》の不滅《ふめつ》を信じ、四百以上の神々が存在すると考えられている。部族によって、神々の名前が少々違っていることはあるが、どこの部族でも、主神となっていたのは〝テウタテース〟と呼ばれる神である。

テウタテースは、ケルト語で「国民的な」という意味で、この神だけは、ヨーロッパ各地のケルト部族すべてで同じ名前だったという。

神と向かい合うことのできるドルイドは、占《うらな》いを通じて神の託宣《たくせん》を伝え、部族の重要な決定から、争い時の裁判官としての役目をした。

ケルトの家族制度は、親と子ども以外にも、祖父母、兄弟、いとこなどが共に住む大家族制度であり、仕事の共同体を作っていた。いくつかの家族が集まって、一つの部族を作り、絶対的な権力を持つ部族長のもとに彼らは結束していた。

戦いや移動も、部族単位で行われ、新しい土地を見つけると、部族全員がそこに住みついた。

そして、部族には吟遊《ぎんゆう》詩人がいた。戦いの後や収穫時《しゅうかくじ》の宴会《えんかい》では、竪琴《たてごと》を持った吟遊詩人が、音楽を奏でながら神々や部族の歴史を語ったという。吟遊詩人は、部族長に次ぐ高い地位が与《あた》えられ、尊敬を集めていた。

ケルトはこの部族長以外に権力を認めず、部族間の争いごとも少なからずあったようだ。そのため、ヨーロッパ全土にケルト部族が広がっていたにもかかわらず、ローマのように統一した権力が現れなかった。

政治的統一体こそ持たなかったが、言語・宗教（ドルイド教）・美術（ラ・テーヌ文化）などの共通性がみられ、後世にさまざまな影響《えいきょう》を与えた。

紀元前一世紀以降、ケルト諸族は南からのローマ帝国の拡大と北方のゲルマン諸族の圧《あっ》迫《ぱく》に挟《はさ》み撃《う》ちされて衰亡《すいぼう》した。

しかし、ケルト系の遺産は長く存続し、今日でもアイルランドやイギリス北部、西部の地域的な文化に受《う》け継《つ》がれている。


西条は、自分がこれまで蓄《たくわ》えた知識を少年に教えながら、久しく忘れていた教える喜びをおぼえた。舜なら、きっとすべてを吸収してくれるにちがいない。

西条は、舜が一週間に一度やって来る日が待ち遠しくなった。

舜は、まるで砂に水を撒《ま》くように西条の知識を吸収していくのがわかった。

小学校六年がもうすぐ終わりになるある日、舜は一人の少年をつれてやって来た。舜とは対照的に背が高く、見るからに活発そうな子であった。

「秋葉雷太です」

大きくて、はっきりした声で言った。目が生き生きしているのが印象的だった。最近こういう目をした子どもに出会うことはめったにない。西条は久しぶりに新鮮《しんせん》な興奮を覚えた。

「前からつれて行ってくれって頼《たの》まれていたんですけど、もうすぐ卒業しちゃうんで、つれて来ました」

舜が言った。

「どうして来たかったのかね？」

「舜が、先生から聞いたケルトの話が面白《おもしろ》いから一度会わせてくれって頼んだんです」

この少年の、まったくもの怖《お》じしない態度が、西条は気にいった。

その後、舜は私立中学、雷太は公立中学に入ったが、二人とも前と変わらず、いつも一《いっ》緒《しょ》にやって来た。

西条は、二人に紅茶とスコーンを出して、英国式のティーブレイクを教えた。なんでも直《す》ぐ教えたくなるのは、長年教師をやっていた癖《くせ》である。

何回か雷太と会っているうちに、おとなの作ったルールを平気で無視するこんな生徒は、自分の物差しでしか生徒を測れない教師にとっては、手を焼く存在にちがいないということがわかってきた。

おとなの常識からはみ出しているということは、それだけエネルギーがあるということだ。未来を拓《ひら》いていくのは、こういう子どもなのだ。雷太を見ていると、そういう予感がして楽しかった。

雷太と舜がやってきて、休眠《きゆうみん》中の『悠遊塾』を再建しようと思うから塾長になってほしいと言ったのは、去年のゴールデンウィーク前だった。

教師が自殺するより五ヶ月ほど前のことである。

「いきなりそんなことを言われても返事のしようがない。事情を説明してみたまえ」

西条が言うと、雷太が待っていたように説明をはじめた。

「おれたち、塾をはじめようと思うんだ」

「おれたちというのは、どういうことかね？」

「おれたちってのは、おれたちのことさ」

「わたしに先生をやれというのか？　それは断る」

西条は、ぴしゃりと言った。

「そんなこと言ってねえよ」

雷太は、最初のうちこそていねいな言葉づかいだったが、近頃は乱暴になっている。しかし西条は、そのことに対して文句は言わないことにしている。

無理に矯正《きょうせい》すると、雷太が雷太らしくなくなってしまいそうに思えるからだ。

「それじゃ、だれに頼むんだ？」

「だれにも頼まねえ」

「先生のいない塾か。そんなものは塾ではない。君らは何を考えているのだ？」

西条は、舜の顔を見た。

「そうなんです。先生」

舜もけろりとしている。

「わからんなあ」

西条は、首をひねった。

「こういうことです」

舜が言いかけると、雷太が、

「今だれでも塾に行ってるけど、その中で本当に勉強しようと思っているのはほんのちょっと。大部分のやつは、塾に行って遊んでるんだ」

と言った。

「そうか、それは知らなかったな。せっかく月謝を払《はら》って遊ぶなんてもったいない」

「そこだよ、先生。月謝払って遊ぶなんて、こんなばかなことある？」

「雷太の言うとおりだ」

西条はうなずいた。

「だけど親たちってアホだから、自分の子どもが塾へ行ってさえいれば、勉強してると安心するんだ」

「アホはひどいな」

雷太は鋭《するど》いことを言う。西条は思わず頬《ほお》がゆるんだ。

「どうせ遊ぶんなら、塾へ月謝を払うことはない。その金で遊べばいい。そう思わない？」

とんでもない発想をする子どもだ。西条は、半分呆《あき》れ、半分感心した。

「そうか、君たちの考えていることは読めてきたぞ。しかし、それはアイディアとしては面白いが、実現は難しいぞ」

「なんで？」

雷太は、大きい目をむいて、西条を見た。

「子どもたちが勉強もせずに遊んでいるのに、金を払うほど親はあまくない」

「そんなことはわかってるよ」

雷太は、まったく動じない。こいつ、何を考えているのだろう？

「親に金を払わせるためには、そこはあくまでも塾でなくてはならないんだ」

「そのとおり、しかし塾へ行っても成績がちっともよくならなかったら、親は塾を変えたらと言うだろう？」

「そういうことは、計算済み」

「ほう」

雷太は、舜と顔を見合わせて、にやっとした。

「成績を上げるためには秘密兵器があるんだ」

「なんだ？」

「それは、今は言えない」

「言わずに募集《ぼしゅう》しても生徒は集まらんだろう？」

「それが集まるんだな」

雷太は、自信ありげににやっと笑った。

「どんな方法があるんだ？」

「まず、勉強が嫌《きら》いでしかたなく塾へ行ってるやつを見つける。これは簡単、だって大概《たいがい》のやつはそうだから」

「塾も変わったものだな」

西条の中学生時代は戦争中だったので、塾どころではなかった。勉強の好きな連中は自分一人でやったものだ。

「そいつらにこう言うんだ。塾へ遊びに行っているのに、月謝を払うなんてばかばかしいと思わねえか？　そう言えば、そうだって言うに決まってる。そうしたら」

「自分たちで塾をつくって、親から金をふんだくろうと言うってのか？」

よくも、こんなことを思いついたものだ。西条は思わず声が出そうになった。

「その金があれば、遊ぶ資金でピーピー言うことはなくなる。そのうえ夏休みになったら、夏季講習だと言って、どこか涼《すず》しいところに一週間くらい遊びに行く。もちろん金は親からがばちょといただく。親はよく勉強するようになったと満足。これって、親孝行と思わない？」

「ひどいやつだな」

西条は、笑いが止まらなくなってしまった。

「これを話せば、入らないやつはいないよ」

「しかし成績がちっともよくならなかったら、親は文句言うだろう。そのときはどうするんだ？」

「そのときのために、講師には東大の大学院生になってもらうんだ」

「それじゃ金がかかるだろう？」

「とろが、それがそうじゃないんだね」

雷太は、得意そうに人差し指で鼻をかいて、

「成績がよくならなかったら親は文句を言うに決まってる。そう言い出す前に講師に家庭訪問をしてもらう。講師はそのために雇《やと》うんで、教えてもらうためじゃないんだ」

雷太の考えていることは、もう一つわからない。

「家庭訪問で何をやってもらうんだ？」

「そこの家がAさんなら、おたくのA君のことで報告に来ましたと言う。するとAの親はおたくの塾に入れてもちっとも成績がよくならないじゃないかとクレームをつける」

「当たり前だ。勉強してないんだから」

「そこでこう言う。『たしかにおたくのA君の成績はいいとはいえません。けれど、そのことで心配はいりません。なぜなら、ぼくもそうだったからです』『え、あなたが？　じょうだんでしょう？』『いいえ、ぼくも中学に入ったときはそうでした。塾の成績も下から数えたほうが早いくらいでした。だからA君を見ていると、ぼくの若いころを思いだします。A君はもうすぐ輝《かがや》きはじめます』『本当に？』『本当です。ぼくが保証します』どうですか？　この東大生は日当五千円です」

雷太は、とうとうとまくしたてた。

「君は、一流の詐欺師《さぎし》になれるな」

西条は、あまりの話術に、思わず聴《き》きほれてしまった。これなら大抵《たいてい》の子どもはのせられるにちがいない。

「これくらいで感心するなんて、大学教授も大したことないな」

雷太はけろりとしている。

「たいしたものだ。しかし、おそろしく危険だ」

この少年は、大人物になるか、それとも大悪人になるか。今はどちらともいえないという気がしてきた。

「何が危険？」

雷太は不思議そうな顔をした。危険は、君のことだと言おうとしたがやめた。

「それができれば、マジックだな」

「できるんだな。それが」

雷太は、自信ありそうに、にやっと笑った。

「そうか」

西条は、それ以上追及《ついきゅう》しないことにした。彼の奇想天外《きそうてんがい》な発想は、聴いているだけで楽しくなるから余計なことを言う必要はない。

「この塾、どうしても成功させたいんだ」

雷太は、急に真顔になった。

「それでおもいきり遊ぼうというのか？」

「ちがうよ。これがうまくいかないと困ったことになるんだ」

「そのわけを聴かせてくれないか？」

西条は、雷太の話に引き込まれていった。

「それは、『悠遊塾』をつづけたいからだよ。さもないと、塾を閉じなくちゃならないんだ」

「そうか、そんなにひどいのか？」

西条は、舜の顔を見た。

「そうなんです。このままいったら、あと数ヶ月でパンクです」

舜の表情も硬《かた》い。

「そうなったら舜とわかれなくちゃならなくなる。それは困る。だから考えたのさ」

「そうか。友だちのために、そこまでやるとは君を見なおした。よろしい、わたしも協力しよう」

西条は、雷太の別な面を見た気がして、久しぶりにぐっときた。

「それじゃ、塾長になってくれるんですか？」

雷太が丁寧語で言った。

「なろう。それが舜のためになるなら」

「ありがとうございます」

二人は、揃《そろ》って頭を下げた。

3

西条は、雷太がああは言ったものの、本当にその計画をやるかどうかは五分五分だと思っていた。

ところが、それから数日後、晴子が家にやって来て、

「先生、ありがとうございます」

と礼を言った。

「あなたは、彼らの計画を知っているのかね？」

「はい、聞きました」

西条は、晴子が淹《い》れた紅茶に、たっぷりミルクを注いだ。これだけは自分で入れないと

気がすまない。それから、晴子が買ってきたスコーンにジャムをたっぷり塗《ぬ》った。

「彼らは本気でやるつもりかね？」

「本気です。もう何人かOKを取ったそうです」

「驚《おどろ》いたな。もうはじめているのか。わたしは、ただの思いつきかと思っていたが。しかし、うまくいくのかな？」

「先生もそうお思いですか。実はわたしもそうなんです。なんとか止《や》めさせる方法はございませんでしょうか？」

「止めろと言っても止める連中じゃない。好きなようにやらせるさ。それはいいとして、家のほうは大丈夫《だいじょうぶ》かね？　わたしはそれが心配だ」

「家のことって、どういうことでしょうか？」

「塾をつづけないと、数ヶ月でパンクすると言っていた」

「そんなことを言ったのですか。あきれたものですわ。舜が何と言ったか知りませんが、つぶれるようなことはございません」

晴子はきっぱりと言い切った。

「そうか。わたしの思ったとおりだ。雷太が慈善《じぜん》のためにやるはずはないと思っていた」

西条は大きくうなずいた。

「あいつら、二人でわたしをはめおって」

西条は、いかにも楽しそうに笑った。

「先生を騙《だま》すなんて、とんでもない連中です。お腹立ちでしょう？」

「腹なんか立つものか。彼らは、私にとってもいい友だちだ」

「よかった」

晴子は胸を撫《な》で下ろした。

「まあ、もしも、うまくいかなくても、彼らのことだ。また何か考えるさ。そのうち雷太と舜はきっととてつもない塾をつくるだろう。それがどうなろうと気にすることはない」

「それをうかがって安心しました。雷太君は、舜の最高の友だちです」

晴子は声をはずませて言った。

「仲のいいことは、見ていてわかる」

「雷太君に助けられてばかりです」

「それはおたがいさまさ。雷太にとっても舜はいい友だちだ」

「そうでしょうか？」

晴子は、まだ不安そうだ。

「そうさ。それより舜はパソコンに夢中《むちゅう》らしいな？」

「はい。あの子は体が不自由なものですから、そちらのほうにのめりこんでいます。これでいいんでしょうか？」

「いいどころか、彼の将来は楽しみだ。そのうち、われわれが目を見張るようなことをやりそうな予感がする」

「嬉《うれ》しい！」

　晴子は、全身で嬉しさを表現した。

「これは、口からでまかせを言っているのではない。わたしは、これまで多くの人に会ってきた。その中には優れた人も何人もいた。その経験から言っているのだ。これからの時代には、雷太や舜のような人間が必要なのだ。大切に育てなさい」

　晴子は、体を固くして聴《き》いていた。

「あの子は、先生に出会えて幸せです」

「彼が幸せなら、わたしも舜に出会えて幸せだ。片方だけ幸せということはない。人間関係とはそういうものだよ」

　西条の家には、長い英国生活で買い集めた家具や什器《じゅうき》がある。その中には年代物の高価なものもある。

　晴子は、それらを一つ一つていねいに掃除《そうじ》して帰って行った。

それから何ヶ月かして、雷太と舜がやって来た。二人の顔を見たとたん、塾のほうはうまくいっているなと思った。

「教授」

雷太は、このごろ西条のことを教授と呼ぶようになった。半分はじょうだんだと思うがあえて止めろとは言わないことにしている。

話を切り出した雷太は、目がきらきら光っている。今度は何を考えたのだろうと想像すると、年甲斐《としがい》もなく、こちらのほうが興奮してしまう。

「今度は何だ？」

西条はつい身を乗り出した。

「この前教授に話した計画は、一応うまくいってる。だけど、あれは長くはやってられないってことがわかったんだ。だから、夏休みの夏季講習でやめることにした」

雷太が言った。

「ほう。それに気づいたとはたいしたものだ。なんでもそうだが、はじめるのは簡単だが、引くのはむずかしい。大抵《たいてい》の人はそこで失敗するのだ」

「教授、わかってたの？」

「それくらい、わかっていたさ」

「わかってても、何も言わなかったの?」

「そうだ」

「教授ってたぬきだあ」

雷太は、感心したように何度もうなずいてから、

「そこでこういうことを考えたんだ」

と西条の顔を見た。

「話してみたまえ」

「塾に来る連中に聞いてみたんだけど、学校の先生に満足している者って一人もいない。みんな不満たらたら」

「それは、少しひどいな。わたしらのときは、それほどでもなかった」

西条も、昔のことを思い出した。

「そこで、こういうことを考えたんだ。ぼくらはおもちゃを買うときは、自分で選んで買う」

「消費者とはそういうものだ」

「それなら、どうして先生を選べないの?」

「先生は商品ではない」

「それなら聞くけど、塾では教え方の下手な先生はすぐクビだぜ。会社だって役に立たない社員クビだろう？　ところが学校だけはそうではないのはなぜ？」

「学校は営利会社ではない」

「それじゃもう一つ。塾は先生が気に入らなかったら、やめればいいけど、学校はやめることができないのは、おかしいんじゃない？」

雷太は、鋭《するど》いところを突《つ》いてくる。

「そのとおりだ」

「生徒は、いやな先生に当たったら、運が悪いと我慢《がまん》するしかない。これって、絶対おかしいと思う」

「そう言われてみれば、たしかに、おかしいと言えなくはないな」

雷太の疑問に対して、明快な答えは、すぐには出てこない。

「いやな先生だからって、我慢してたら先生は嫌《きら》いになるし、学校に行きたくなくなるのは当たり前だと思うよ。だから不登校の子が増えるんだ」

雷太の言っていることは正論だ。

「こんなことしてたら、ぼくらの毎日は真っ暗だし、先生だって楽しくないと思う。じゃどうしたらいいと思う？」

「なかなかいい手は見つからんなあ」

「それが、いい手があるんだ」

雷太は、そこでひと息ついた。

「先生の中には、なぐる先生、エッチな先生、お天気屋先生とか、どうしようもない先生がいる。こんな先生が担任になったら、運が悪いなんて泣いちゃいられない。ただちにやっつけるべきだよ。そう思わない？」

「君の言うとおりだ。そういう教師は許せん」

「でしょう。だからといってキレて先生を刺《さ》すなんてのは、アホのやること。それならどうすればいいか？　そこで考えたのが先生の改造なんだ。それでだめなら切り捨てだね」

「改造？」

西条は聞き返した。

「そう。悪い先生をいい先生に改造すればいいと気がついた」

「それは面白《おもしろ》いアイディアだが、どうやって改造するんだ？」

「そのためには、先生に関するデータを集めなくてはならない」

「どういうデータかね？」

西条は、雷太のとてつもない話に引き込まれていった。

「先生に関するあらゆるデータ。たとえば、年齢《ねんれい》、家族構成、住所、出身校、職歴、交友関係、派閥《はばつ》、趣味《しゅみ》、人格（賄賂《わいろ》、道徳）、過去十年間の出題傾向《けいこう》など。まだまだあるけど、大体こんなところ」

「それだけ調べるとなったらたいへんだ。気の遠くなりそうな作業だ」

「一人だったらたいへんだけど、みんなの力を借りて、人海戦術でやれば大丈夫《だいじょうぶ》できる」

「それができたら教師は大恐慌《きょうこう》を来たすぞ。まるではだかの王様にされたようなものだ」

「教師百科といったらいいか、教師紳士録《しんしろく》といったらいいか。もちろん本屋で売るというわけにはいかないから地下出版だね」

――地下出版？　これが中学生の考えることだろうか。

「教師人物事典だな。それが出まわったら教師は身を慎《つつし》むようになるだろう。どこの中学でやるつもりかね？」

「とりあえずは、おれの通ってる西中」

西条は、そのときの教師の慌《あわ》てぶりを想像すると、おかしくなって、頰《ほお》がゆるんできた。

「みんなに監視《かんし》されてたら、悪いことはできないだろうね。それが狙《ねら》い目でもあるんだ」

教師が、子どもたちからそんな目で監視されるようになったら世も末だ。西条は暗澹《あんたん》とした気持ちになってきた。

「その本の編集は『悠遊塾』でやるのかね？」

「そうです。ぼくがパソコンでやります」

「つまり『悠遊塾』は、地下出版の隠《かく》れ蓑《みの》ってわけだな？」

西条が言うと、舜が、

「まあそういうことです」

とにっこり笑った。

「もちろん、売るんだろうな？」

「値段をどのくらいにしたらいいか。今考えているところです」

「そういうのを、取らぬたぬきの皮算用というんだ」

「これで、がっぽり稼《かせ》ぐから見ていて」

雷太も舜も底抜《そこぬ》けに明るい顔をしている。

「おおっぴらにやると目をつけられるぞ。せいぜい気をつけるんだな」

「老婆心《ろうばしん》ですか？」

舜が面白《おもしろ》そうに笑った。

これはかなり危険を伴《ともな》ういたずらだ。ここまでやれば子どものいたずらだと放置するほど、体制はあまくない。西条は、子どもたちの無神経さに少なからず不安を感じた。

雷太たちの考えていることは、あきらかに学校解体の第一歩だ。しかし、彼らにそんな意識はないだろう。無意識に、そちらに向って歩き出している。

これは、時代が変わる前兆なのかもしれない。

二人が帰ってしばらくしてから、西条も家を出て池のほとりを歩いた。木々の緑がすっかり濃《こ》くなった。

いつの間にか夏になっている。そろそろ軽井沢に行こうかと思った。

4

西条は、毎年夏を軽井沢の別荘《べっそう》で過ごすことにしている。その年も、七月半ばから軽井沢に出かけた。

八月に入ったはじめ、雷太と舜が、晴子の運転する車で西条の別荘にやって来た。

「さすがに涼《すず》しいですね。それに空気が違《ちが》います。生き返った気持ちになります」

晴子は、ここがすっかり気に入ったようだが、雷太と舜は、外に出て行ってしまった。

「どうかね。塾のほうは？」

西条は、そのことが気になっていた。

「ええ、おかげさまで何とかやっております」

「夏季講習は行ったのかね？」

「行きました」

「生徒たちの評判はどうだったかね？」

「悪いわけありませんよ。たっぷり資金があるんですから」

「親たちにはばれなかったのかね？」

「ばれなかったようです。でもわたしは気がとがめます」

「それはそうだろう。だから楽しいんだよ。小気味のいいことやるねえ」

「先生って不良老人」

「そのとおりだ」

西条はいかにも楽しそうに笑った。

「でも、雷太君と舜は遊ばずに仕事をしたんだそうです」

「仕事？」

西条は、聞き返した。

「先生の紳士録《しんしろく》を作っていたのだそうです」

「やっているのかね。それは感心だ。あれはたいへんな作業だから、おそらく途中《とちゅう》で投げ出すと思っていた。そうか。大分できたのかね？」

「とりあえず、西中の教師をやったといっていました」

「たいしたものだ」

西条は何度もうなずいた。

「夢中《むちゅう》になってやっていますけれど、大丈夫《だいじょうぶ》なんでしょうか？」

晴子は西条の顔を見つめた。

「やれば、リアクションはある。それがなくては、やる意味がない。おとなたちが困れば困るほど、彼らの喜びは大きくなる。心配かね？」

「はい、心配です」

晴子は、表情を曇《くも》らせた。

「あんたが心配する気持ちはわかる。しかし、いつの時代でも若者は危険に挑戦《ちょうせん》した。そうしなければ時代は変わらない。若いということは、そういうものだよ」

二人が外から戻《もど》って来た。

「紳士録をやってるそうだな？」

西条は、さっそく聞いた。

「おれ、担任の市原を調べたんだけど、大分びびらしちゃった」

雷太が得意そうに言った。

「びびるような何かがあるのかね？」

「ちょっとばかし秘密を握《にぎ》っちゃったんだ」

雷太は、にやにやしている。

「話してみろ」

「それが、口にするのはヤバイことなんだ」

「それって、先生の人格にかかわること？」

晴子が言った。

「うん、ばれたら学校辞めなくちゃならないだろうな」

舜が言った。

「そうか。ではそれ以上聞かんことにする。君たちも人の秘密は絶対口外するな」

西条は、一応釘《くぎ》を刺《さ》しておいた。

「それをネタにして脅迫《きょうはく》したら、人間でなくなっちゃう。そういう汚《きたな》いことはやらない。言われなくたってわかってる」

雷太が不機嫌《ふきげん》そうに顔をそむけた。

「いらぬことを言ってしまったな。あやまる」

「だけど市原って、どんな教師なんだ？」

舜が聞いた。

「まじめないい教師さ。ああいうのは、いじめてやろうという闘志《とうし》が湧《わ》かない」

雷太はからっとしている。そこが爽《さわ》やかだ。

「君の担任は何を教えているのだ？」

西条が聞いた。

「理科。おれって理科得意なんだけど、あいつ、いつも悪い点をつけるんだ」

「ひどいな、それってむかつかないか？」

舜が言った。

「それはむかつくさ。だけど、もうこれからは１００点だ」

「どうして？」

「おれに弱みを握られちゃったからさ」

「脅《おど》かしたのか？」

「そんなことはしねえ。向こうが勝手にやるだろう」

「そういうものか」

舜は、やけに感心している。

「おまえって、頭いいくせに何も知らねえんだな」

雷太が呆《あき》れている。

二人のやりとりを見ていると、西条の頬《ほお》は自然にゆるんでくる。

「人間は、知らないほうが賢《かしこ》いということもある」

「そうかあ、さすが教授はうまいこと言うなあ」

雷太がしきりに感心しているのがおかしい。

若い子と話していると、知らずに若やいでくる。西条は、雷太たちとつきあうことによって、気力が充実《じゅうじつ》するのを自覚するようになった。

その日、三人は別荘《べっそう》に泊《とま》り、翌日浅間山に登って、東京に帰って行った。

西条は、九月の半ばに東京に帰った。ここは、残暑というよりまだ真夏だった。井の頭公園の林を歩きながら、軽井沢の白樺《しらかば》林を思い出した。

東京に帰って一ヶ月ほど経《た》った十月のある日、朝刊で、中学の教師が自殺したという記事を見た。

自殺はそれほど珍《めず》しいことではないので、西条は見出ししか見なかった。

いつものように、夕方、井の頭公園に出かけると、舜を乗せた車椅子《くるまいす》を押《お》している、晴子と出会った。

「先生、テレビをごらんになりました?」

晴子は興奮した声で言った。

「いや、見ていない」

西条は、めったにテレビを見たことはない。

「西中の先生が自殺しました」

「あれがそうか」

今朝の朝刊で見た見出しを思い出した。

「自殺した先生って、雷太君の担任なのです」

「自殺するからには原因があるでしょう?」

「そのことについては、今のところ、わかっていないようです」

晴子の言うとおりだ。自殺の原因など、そう簡単にわかるわけがない。

「雷太は、君に何か言ったかね?」

西条は、舜に聞いた。

「雷太からは何も言ってきません。摩耶《まや》が教えてくれました」

舜が言った。

その夜八時頃、西条は、舜からメールを受け取った。

西条教授さま

先ほどは失礼しました。夕方雷太が家にやってきました。そのときの会話を報告します。

雷太は、夕方まで職員室で、おまえのせいで市原先生は自殺したのだと、ぎゅうぎゅう問《と》い詰《つ》められたそうです。問い詰めたのは、教務主任の持田《もちだ》と生徒指導の矢口《やぐち》の二人で、その追及《ついきゅう》はまるで刑事みたいで、雷太は人殺し扱《あつか》いだったそうです。

証拠《しょうこ》も何もないのに、こんなことしていいんですか？　ぼくにはどうしても納得できません。

雷太は前に担任は不倫《ふりん》してると言っていました。ぼくは、それが原因ではないかという気がするのですが、雷太はそのことを話さなかったそうです。余計なことは言いたくないと言いました。

教授のご意見をお聞かせください。

(雷太はこのことで全然ショックを受けていません。あいつは、そんなヤワではないのです)

舜

舜君へ
二人の教師が雷太にした行為《こうい》は言語道断、許せない。
雷太がショックを受けていないと言ったが、そんなことはないと思う。君のケアーが必要だ。
自殺の原因はやがてわかるだろう。それよりも、教師に特別な目で見られている雷太のほうが心配だ。雷太はいったい何をしたのだろう？　雷太が、不倫の女性のことを話さなかったのは賢明《けんめい》だった。雷太に連絡《れんらく》するよう話してくれ。

西条

その夜西条は、雷太からの連絡を待ったが、何も言ってこなかった。

5

雷太は、それから数日して西条の家にやってきたが、あの自殺事件のことなど、すっかり忘れたように晴れやかな顔をしている。
西条は、雷太の強靭《きょうじん》なキャラクターをあらためて見なおした。現代にこういう子どもがいるのは奇跡《きせき》としか言いようがないと思った。

「あの事件はどうなったか、話してくれないか。ずっと気になっていたのだ」

「どうなったか、おれは知らない」

雷太は、まったく関心がないようだ。

「新しい担任は来たのか？」

「来た。今度は、草場《くさば》という先生。それが笑っちゃう。まるでペンペン草みたいに陰険《いんけん》なやつ」

雷太は自分で言っておいて、おかしそうに笑った。

「君はペンペン草を見たことがあるのか？」

西条が聞いた。

「知らないよ。ほんとにあるの？」

「ある。春の七草の一つなずなの別名だ」

「へえ、大学教授ってなんでも知ってるんだね」

雷太は変なことで感心している。

「どうだ、今度の担任とはうまくやれそうかね？」

「なれそうもないね」

「どうしてだ？」

「草場はおれを敵とみている」

「それは君の思いすごしだろう」

雷太が、最初から新しい教師に敵対心を抱《いだ》いているのはまずい。

「そうじゃない。あいつはおれにはっきり言った。おまえは敵だって」

「それは教師の言うことではない」

西条は怒《いか》りが突《つ》き上《あ》げてきた。

「それじゃ前より悪くなったじゃないか？」

「今度は自殺しないようなタフなやつを回したんだろう」

雷太は吐《は》き捨てるように言った。

「まだ君にこだわっているのか？」

「草場は最初におれに言った。市原先生を自殺させたのはおまえだって」

「そう言われたとき君は何て言うんだ？」

「ああそうですかって、わざとしらっとしてやった」

「怒《おこ》っただろう？」

「怒った。反省してないって。笑っちゃったよ」

雷太は、自分で言っておいて苦笑した。

「そのとおりだ。本当はなぜ自殺したと思うかね？」

「おれのせいだと思ってる」

意外な答えがかえってきた。

「それは先生が言うのかね？」

「ちがう。おれがそう思ってるんだ」

「なぜそう思うか説明してくれないか？」

「市原先生の不倫は、ハンパじゃなかった。自殺するようなものではなかったと思う」

「それでは、自殺の原因は不倫ではないというんだな？」

「おれが先生に不倫してるだろうと言ったとき、先生はおれにこう言った。もしかすると死ぬかもしれないって」

「おれは、不倫のためって聞いた。そうしたらはっきりと違《ちが》うと言った」

「死ぬかもしれないというのは聞き捨てならない言葉だ」

西条は厳しい表情になった。

「おれもそう思った。だから聞いたんだけど教えてくれなかった」

雷太は、はじめて厳しい表情になった。

「不倫の相手はどういう人かね？」

西条が聞いた。

「西中の先生」

「誰《だれ》が君にそのことを教えてくれたんだ？」

「手紙がきたんだ。市原は不倫してる。相手は西中の先生だって」

西条が考えていたより、事態はずっと深刻だったのだ。

「いろいろ聞かれたとき、君はそのことを言わなかったそうだな？　なぜだ？」

「言う必要がないからさ」

雷太は、淡々《たんたん》としている。

「言わなかったことで、君は要注意人物になってしまった。それで後悔《こうかい》しないか？」

「後悔はしてない。そう思うなら仕方ない」

まだ少年に見える雷太が、どうしてここまで考えられるのか、それには何か原因があるにちがいないが、西条には想像ができなかった。

「一緒《いっしょ》に公園を歩こう」

雷太をつれて、井の頭公園に出かけた。木枯《こが》らしが吹《ふ》いている。思わず首をすくめたくなった。

林の中は落ち葉で絨毯《じゅうたん》を敷《し》きつめたようだ。その上に更《さら》に落ち葉が舞《ま》い落《お》ちる。

池のほとりの遊歩道には木のベンチがある。

そのベンチに若い二人が身を寄せ合って、いかにも楽しそうに、何か話しあっている。

いつも見る公園の風景である。

「英国の西南端《せいなんたん》、大西洋に突《つ》き出たコーンウォール半島がある。ここはアーサー王の伝説の地として有名なところだ」

西条は、歩きながら話した。

「アーサー王なら教授は何度も話してくれたじゃない？」

雷太は、池の上を滑《すべ》るように泳いでいる鴨《かも》に、視線を向けている。

アーサー王の伝説は、アーサーとその臣下の騎士《きし》たちによる武勇・恋愛《れんあい》の物語で、ケルト神話を素材として作られ、ヨーロッパ中世騎士文学の主要な題材となっている。

アーサー王は六世紀ころの伝説上の英雄《えいゆう》で、ケルト民族に属する。

昔から、悲劇的な出生は神に選ばれた者のしるしの一つであるとされているが、アーサー王もその一人であった。

ブリテンの王ウーゼル・ペンドラゴンは、自分に歯向かうコーンウォール公になんとか仕返しをしようと、魔法使《まほうつか》いマーリンを呼び寄せた。そして、ウーゼル王は、マーリンの魔法により自分の姿をコーンウォール公に変え、コーンウォール公の妃《きさき》であるイグレーヌの寝室《しんしつ》に忍《しの》び込《こ》んだ。

その偽《にせ》のコーンウォール公と妃との間に誕生したのがアーサーである。

醜《みにく》い争いのもとで、誕生したアーサー。しかし、彼こそが後の英雄となるべき偉大《いだい》な人物だったのである。

父ウーゼル王の死後、十五歳で王位についたアーサーは、父を殺したサクソン人に復讐《ふくしゅう》の戦いをはじめ、みごとにサクソン勢を破る。

そして、北ヨーロッパの征服《せいふく》に向かい、アイルランド、アイスランド、ゴートランド、オークニー諸島、さらにはノルウェーへと進む。やがてガリア（現在のフランス）を征服し、紀元前ケルト人を弾圧《だんあつ》した宿敵ローマをも降伏《こうふく》させてしまったのである。

名だたる円卓《えんたく》の騎士を従え、繁栄《はんえい》を誇《ほこ》ったアーサー王の下で、ブリテン人は常にアーサーの同盟軍としての使命を果すため重要な働きをし、また、魔法使いのマーリンはことあるごとに影《かげ》として寄《よ》り添《そ》いながら、彼の戦闘《せんとう》を助けた。

ブリテン島という辺境の一小島の主《あるじ》でありながら、世界を支配する王となっていった若き覇者《はしゃ》アーサーの名は世界に響《ひび》きわたった。

歴史的な事柄《ことがら》として史上で推測されているのは、昔、アーサーと名づけられる人物が西ブリテンでアングロ・サクソン民族の侵略《しんりゃく》を防ぐために戦い、これを征服したこと、彼がコーンウォールで戦死したことだけである。

最高の権力者、武勇、人徳ともに優れた名君にまで仕立てられたアーサー王の伝説。

この言い伝えは、ヨーロッパ各地で歌物語として吟唱《ぎんしょう》されていく中で、冒険《ぼうけん》、ロマンス、騎士同士の友愛、キリスト教的儀礼《ぎれい》も織り込まれ、現在、イギリス、フランス、ドイツの詩文に不滅《ふめつ》の物語として多く残っている。

「わたしがティンタージェルに行ったのは一月の末だった。ここは、コーンウォールの北海岸にある岬《みさき》の上にある、アーサー王の城址《じょうし》と伝えられている場所だ。わたしが行ったときは、雨と風が吹きすさび、まるで嵐《あらし》のような日だった。ホテルの窓から城址が一望できたが、海は波が逆巻き、一晩中雨と風が窓にたたきつけた」

「そんなところに行ってみたいな」

「ぜひ君たちをつれて行きたい」

西条は、わすれていたコーンウォールを思い出して、彼らにあの景色を見せてやりたくなった。

「アーサー王の話を聞いてから、おれすっかり円卓の騎士団にはまっちゃった。あれからずいぶん勉強したぜ」

雷太は、円卓の騎士を語るとき目を輝《かがや》かせる。

「アーサー王伝説は、数世紀の時間をへて、大勢の作者によって書き上げられた物語なのだ。中世の騎士物語がはじめて登場するのは十二世紀だが、アーサー王物語は英国で特に人気が高い。君は騎士のなかで、だれがすきかね？」

西条は、雷太がだれと言うか興味があった。

「おれ、サー・ガウェインが好きだな」

雷太が言った。

「英国ではそうだ。フランスでは最高のヒーローはサー・ラーンスロットだ」

「騎士団の物語もっと教えてもらいたい」

「そうか、そんなに興味があるのか？」

「おれ円卓の騎士団をつくりたいんだ」

雷太の中学生らしい夢《ゆめ》が気に入った。

「円卓の騎士は円卓のまわりにすわることになっている。円卓はどうするつもりだ？」

「塾のテーブルさ。四角いテーブルを丸いのに替《か》えるんだ」

MAKI

「いいな。それは楽しそうだ。ぜひやりたまえ」

西条は、自分まで胸が躍《おど》り出してきそうになった。

Ⅲ章　円卓の騎士団

1

授業が終わると、亜子は、一人で学校を出た。井の頭公園を抜《ぬ》けて、『悠遊塾《ゆうゆうじゆく》』の近くまでやって来た。

家の陰《かげ》に隠《かく》れて、雷太のやって来るのを待った。はたして、来るのか来ないのか、それは賭《か》けである。亜子には、なんとなく来そうな勘《かん》がしていた。

十分待った。雷太は来ない。さらに十分待った。まだ雷太はあらわれない。あと十分待って来なかったら帰ろうと思った。

もうだめかと諦《あきら》めかけたとき、向こうからやって来る雷太の姿が目に入った。

雷太が塾の前までやって来たとき、亜子は、いきなり雷太の目の前に飛び出した。

「何のまねだ？」

雷太をびっくりさせたことで、亜子は楽しくなった。

「あんたを待ってた」

「用事は何だ？」

相手がぶっきらぼうだということは、わかっているのだから、むかついてはならない。それが取材記者の根性である。

「ちょっと聞きたいことがあるんだ」

雷太は、亜子を無視して塾へ入ろうとした。

「わたしも、一緒《いっしょ》に行っていい？」

断られることを、半分覚悟《かくご》して言ってみた。

「来たけりゃ来いよ」

雷太は、ビルの脇《わき》にまわると、ドアを開けてそのまますたすたと階段を上がっていく。

亜子は、そのあとにつづいた。

二階の教室に入ると、この前見た車椅子《くるまいす》の少年が、片隅《かたすみ》の机でパソコンと向き合っていた。

亜子が「こんにちは」と言うと、少年はパソコンに目を向けたまま「こんにちは」と言った。

「メールでも打ってたの？」

こういうとき亜子は人見知りをしない。

「違《ちが》う。インターネットで調べ物をしてたんだ」

少年は亜子のほうに向き直ると、

「ぼく舜っていうんだ、君はだれ？」

と言って、漢字をパソコンの画面に打ち出して見せた。

「知ってるわ。昨日お母さんに聞いた。わたしは亜子」

字を書こうとすると、

「舜、気をつけろよ、こいつは東中のパパラッチだ」

雷太は舜にとんでもない紹介《しょうかい》のしかたをした。

「むかつく。あんたは少年Aのくせに」

雷太の言ったことがあまりにも的を射たのでカチンときた。

「少年Aとパパラッチか、すごい人が集まったね」

舜は言ったとたんに噴《ふ》き出《だ》した。

「神藤、何でもいいから舜に質問してみろよ」

亜子は雷太の言っている意味がわからず、ありきたりな質問をした。

「えーっ？　じゃあ年いくつ？」

「それが新聞部の質問かよ。そういうんじゃなくてもっとテストの問題に出るみたいなやつだ」

「ああ、わかった、じゃあバングラデシュの首都は？」

「ダッカだよ」

舜は瞬時《しゅんじ》に答えた。

「オーストラリアは？」

「キャンベラ」

「あれ？　シドニーじゃないの？」

「違う、キャンベラだ」

雷太がつっこんだ。

亜子は恥《は》ずかしさで顔が真っ赤になった。

「もっとましな質問できないのか？」

――むかっ、あたまきた。

「ミレニアムのつづり」

「M・I・L・L・E・N・N・I・U・M」

「『白鯨《はくげい》』の作者」

「メルヴィル」

この後も数分間やったが舜はすぐ答えてしまった。

——これではらちがあかない。

「よしそれなら、アメリカの去年の貿易赤字のうち日本の占める割合いは？」

舜はパソコンに向き直るとあっという間にそれを調べてしまった。

「そんなのずるいよ」

「何言ってんだ。クイズやってんじゃないぞ」

雷太が楽しそうに笑った。

「記憶力《きおくりょく》がいいのはもちろん、情報の引き出し方を心得てる。わかったろ。舜ってこんなやつさ」

雷太は自慢《じまん》げに言った。

「君、すごいよ！」

亜子は正直感心した。

「こんなことで感心しちゃいけないよ」

舜は、いたずらっぽい目をして笑った。

「舜とは、小学校のときからの友だちなんだ」

それから雷太は、舜が交通事故に遭《あ》って、両足が不自由になったこと、そのとき父親を亡くしたことをぽつぽつ話した。

「ぼくは、命が助かっただけ運がよかったのさ」

舜の表情に暗さは、かけらもない。

「同情しないのか？」

雷太が亜子に言った。

「そういうことを言ったらジャーナリスト失格よ」

「結構言うじゃんか」

雷太は、満足そうにうなずいた。

「この塾って、勉強を教えてないってどうして？」

亜子はまわりを見回して言った。

「先生がいるか？」

「いない。どうして？」

「先生はいらないからだ」

「それ、どういうこと？」

雷太は、亜子をからかっている。その手には乗らないぞ、と自分に言い聞かせた。

「君は塾へ行ってるかい？」

舜が聞いた。

「行ってる。と言っても、月謝だけ出して行ってないけど」

そういえば、このところすっかりごぶさただなと思った。

「もったいない。それじゃ月謝捨ててるようなもんじゃないか」

「そう言われればそうね。でも、そういう子ほかにもいるよ」

亜子は、友だちの顔を二、三人思い出した。

「そういうのがうちの塾のカモだったんだ」

雷太が言った。

「それって、どういうこと？」

亜子は、雷太の顔を見た。

「こういうことさ。金をだせば物が買える。これはあたりまえのことだ。ところが、金を出して物を持って行かない者がいる。おかしいと思わねえか？」

「あったりまえじゃん」

「それが神藤亜子、おまえさ」

雷太は、亜子の顔を指さした。

「だって、行きたいとは思っているんだけど、暇《ひま》がなくて行けないのよ」

「そういう連中のためにこの『悠遊塾』を開いたんだ」

雷太は、にやりとした。

「そうだったのか。そんな塾だったら入りたいんだけど、入れてくれる?」

「募集《ぼしゅう》はしていない」

「でも止《や》めてはいないんでしょう?」

「やってはいる。しかし会員制だから、新しいメンバーは、会員の推薦《すいせん》がなくては増やさないんだ」

「ずいぶんカッコつけてんのね」

亜子は、話しているうちに、だんだんむかついてきた。

「別にこっちは入ってもらいたいわけじゃない」

「そんな客の選《よ》り好《ごの》みしていたら儲《もう》からないでしょ?」

「お金は必要ない」

「それじゃ塾をどうやって経営するの? 教えてよ」

「それはだめだ。秘密だから」

「怪《あや》しいな。塾に入れば教えてくれる?」

「メンバーになるにはテストがある。それに合格すれば入れてやる。しかし亜子では無理かもしれないな」

亜子は、思わず噴《ふ》き出《だ》してしまった。

「何がおかしいんだ？」

雷太は、けわしい表情になった。

「言わせておけばいい気になって。そんな塾ないよ」

亜子は、笑いが止まらなくなってしまった。

「笑わしておこうぜ」

雷太が舜に言っている。この二人って仲がよすぎる。亜子はちょっとむかついた。

2

亜子は、来たときと同じ井の頭公園を通《とお》り抜《ぬ》けて帰ることにした。

「おかしなやつにストーカーされるぞ」

出るとき雷太が言ったが、笑い飛ばして塾を出て来た。人けの少ない遊歩道を歩いていると、急にそのことが思い出されて、あたりを見まわしたりした。

別に怪しい人物はいないようだ。ちょっと自意識過剰《かじよう》だよ、と自分に言い聞かせながら、それでも知らずに足を速めている。

「神藤」

突然《とつぜん》木陰《こかげ》から声がした。亜子は、ショックで思わず息が停まった。逃《に》げようと思いながら足が動かない。目の前に男があらわれた。

――もうだめ。

顔を上げると三好が立っている。

「どうしたんだ?」

言われた瞬間《しゅんかん》、体の力が抜けそうになった。

「なんでもありません」

声を出すのもやっとの思いだ。

「うそつけ。顔が真っ青だぞ。何があったんだ?」

「痴漢《ちかん》があらわれたかと思ったの」

「おれを痴漢と間違《まちが》えたのか?」

「そう」

「まったく、怒《おこ》る気にもなれない。呆《あき》れたやつだな」

三好は苦笑しながら、

「おまえって、そんなに臆病《おくびょう》とは知らなかったぞ」

と言った。

「このこと、みんなに話さないでね」

「よし、そのかわり、おまえはおれに借りができたってこと忘れるなよ」

「はい」

今はそう言うしかない。

「ところで、どこへ行ったんだ？」

「それは秘密」

塾《じゅく》のことは言いたくなかった。

「そうか、それなら聞かん」

こういうとき、しつこくないのが三好の良いところだ。

「先生こそこんなところで何してるの？　まさか痴漢じゃないよね？」

「悪いじょうだんはよせ」

三好は、あまり見せたことのないきびしい表情になった。亜子にはちょっと意外だった。

ブブへ

ブブのいったとおり、ライタに直談判したらすんなり悠遊塾へつれてってくれた。

いってみるもんだ。

そこで車椅子《くるまいす》の少年シュン君を紹介《しょうかい》されたよ。

彼は頭の回転が速く、記憶力抜群《きおくりょくばつぐん》。知らない事でもあっという間に調べてしまう。

答えられない物なんてあるんだろうか？　正直いって驚《おどろ》くよ。

交通事故でお父さんと自分の両足を失っているのに変に暗いところもなく、ライタとは
違《ちが》い、シュン君てすごく感じいい。彼とは仲良くなれそう。

彼はどう見ても、ライタや不良の双子《ふたご》と関わるようなワルと思えないよ。

いっぽう悠遊塾はというと、彼らはここは勉強する暇のないやつが来る塾と言っていた。

これっていったいどういう事？　勉強する暇のない人が塾にくる暇はあるっていうの？

謎《なぞ》かけみたいで私にはわからなかった。きっとからかっているんだろう。

でも塾は実際に存在している。

もうこうなったら悠遊塾に入るしかない。

虎穴《こけつ》に入らずんば虎児《こじ》を得ずよ。

といっても入塾テストがあるんだけど。

アコ

ブブへのメールを送り終わった亜子は、ふと塾の帰りに会った三好のことを思い出した。

「先生、もしかして痴漢《ちかん》？」と言ったときの素振《そぶ》り。あれは、本当のことを言われたので、慌《あわ》てたのかもしれない。

そこまで考えてみたが、三好と痴漢とはどうしても結びつかないので、それ以上考えるのを止《や》めることにした。

翌朝、学校に行く途中《とちゅう》雷太に遇《あ》った。こんなことは、はじめてである。

「おはよう。わたしを待っててくれたの？」

「うぬぼれんじゃねえ。おれには、そんな趣味《しゅみ》はねえよ」

雷太は、吐《は》き捨《す》てるように言ったが、それが、さほど気にならない。

「舜君って感じいいね。一発で気に入ったよ」

「へえ、ああいうのがおまえの趣味か？　知らなかったぜ」

舜のことを言ったとたん、雷太の態度が急に変わった。

「だから塾へ入りたいんだ」

「舜のどこが気に入った？」

「頭がいいところ。あれは、絶対はんぱじゃないね」

「わかるか？」

「わかるよ、そのくらい。わたしとは、全然できが違《ちが》うもん」

「そのとおり。おれは、だから舜を尊敬してるんだ」

「あんたでも尊敬する人がいるなんて、おどろきだわ」

亜子はそうは言ったが、ちょっとわかる気がした。

「おれが尊敬する人は二人だ」

「舜君ともう一人はだれ？」

「塾長の西条教授だ」

「塾長のことを教授っていうの？」

「ほんものの大学教授だからそういうんだ？」

「大学教授が塾長なんてすごいじゃん」

「大学教授といっても、そこらにいるチンケなのとは違う。イギリスの大学に三十年もいた人だ」

「どうしてそんなえらい人が塾長なんかになったの？」

「それにはわけがある」

「教えて？」

「ま、そのうち会わせてやる」

「やった！」

亜子は思わず飛びあがってしまった。

「おまえって、どうしてそんなに派手なんだ？」

雷太が呆《あき》れているのがおかしい。

「もうおれから離《はな》れろ」

学校が見えてきたとき、雷太が言った。

「どうして？」

亜子には、なぜ雷太がそんなことを言うのかわからないので聞き返した。

「おまえと一緒《いっしょ》にいるところを見られると、みんなから変に思われる」

「そんなこと気にしてるの？」

「おれはいいけど、おまえが困るだろ。行け」

雷太に背中を押《お》されて、亜子は雷太から離れた。一人で歩きながら、雷太が気をつかってくれたと思うと楽しくなった。

雷太って思ったよりいいやつかもしれない。

教室に入ると洋平がやって来て、

「『悠遊塾』へ行ったんだって？」

と言った。

「うん、行った」

「楽しそうな顔してるところを見ると、面白《おもしろ》いネタが取れたみたいだな」

「あったよ」

亜子は、昨日あったことを洋平に話した。

「その塾へ入るつもりか？」

「入らなけりゃわかんないから、入っていろいろ調べてみようと思うの」

「そこ、ヤバクないか？」

洋平の表情がかげった。

「それは大丈夫《だいじょうぶ》。なんてったって塾長は大学教授なんだから」

「へえ、すごいじゃん」

「そこには車椅子《くるまいす》の天才少年がいるんだ」

亜子は、舜のことを洋平に話した。

「部長、そいつにいかれちゃったみたいだな。だからその塾へ入りたいんだろう？」

「わたしがジャーナリストだってこと忘れないで」

「それはどうかな？　部長の気持ちはお見通しさ。なんてたって惚《ほ》れっぽいんだから」

たしかに舜はすてきだと思う。しかし洋平だっていいやつだ。

みんないいから困るんだな。わたしって、気が多いのかしら？　これって、いけないことと？

「部長に話したいことがあるんだ」

洋平は、急に改まった表情になった。

3

西中の教師奥野貞治《さだはる》が失踪《しっそう》したのは、去年の十一月であった。

奥野は、文化祭が終わって間もなく、十一月十五日以来学校には何の連絡《れんらく》もなく、来なくなった。

独身でアパート住まいなので、同僚《どうりょう》の教師が訪ねたが、部屋《へや》はいつものままで、置手紙もなく、どこか近くへ散歩にでも出かけたような様子だったらしい。

その日以来、奥野の消息はぱたりと途絶《とだ》えてしまった。

奥野の失踪をめぐって、教師たちはさまざまな憶測《おくそく》をした。

彼は自分の意志で姿を隠《かく》したのか、それともだれかにつれて行かれたのか。そのどちらにも決定的な証拠《しょうこ》がなかった。

奥野は三十二歳、社会科の教師だが、口答えをするとすぐにキレて、暴力をふるう。生徒の評判はよくない。

奥野が学校に来なくなったことを、喜んでいる生徒たちも少ない数ではない。奥野に痛めつけられた生徒たちにとっては、奥野の失踪はよかったということになる。

十二月のはじめになって、だれが言い出したかわからないが、奥野の失踪には雷太がからんでいる、といううわさが流れはじめた。

それには、こんな理由があったからだ。奥野は異常とも思えるほど、雷太を毛嫌《けぎら》いしていた。

部室で雷太に暴行を加えている光景を何人もの生徒が目撃《もくげき》している。

ここまでやられたら、だれだって復讐《ふくしゅう》したくなる。奥野にリベンジしろと挑発《ちょうはつ》した生徒もいるが、雷太は全然取り合わなかった。

しかし奥野がいなくなってみると、雷太がリベンジしたということに信憑性《しんぴょうせい》がでてきた。雷太ならやってもおかしくない。

うわさの震源地《しんげんち》は、そういうところにあるようだった。

去年の十月、雷太の担任の市原が自殺した。そのとき自殺の原因は雷太ではないかというわさが広がった。それがやっと沈静化《ちんせいか》した矢先の失踪である。

しかも、そのどちらにも雷太が関係しているが、証拠があるわけではない。ただ、雷太ならやってもおかしくないという先入観をみんなが持っていたのは事実である。

自殺につづく失踪で、少年Aは雷太だと、みんなが大っぴらに口にするようになった。

雷太は、それに対して一言も発言しなかった。そのことが、ますます疑惑《ぎわく》を深めた。

雷太が西中から東中に転校したとき、教師たちは厄介払《やっかいばら》いができたと胸を撫《な》で下《お》ろした。

これで西中は平和を取《と》り戻《もど》した、と教室で公言する教師までいた。

雷太は石もて追わるるごとく西中を去ったのである。

以上のことは、亜子も九鬼に教えてもらって知っている。

「九鬼君は、そのこと、どこまで信じてる？」

「五分五分ってところかな」

九鬼がゼロと言わないところがひっかかった。

「じゃあ半分は雷太がやったと思ってるんだ？」

「まあな」

「それはつまり、雷太が奥野を殺しちゃったってこと？　いくらなんでも、そこまではやらないと思うな」

雷太と殺人はどうしても結びつかない。秋葉のことをよく知らないからだ。あいつを少年Aと言いふらしたのは奥野だってさ」

「神藤は、

「それは問題じゃない？　だって奥野は仮にも教師よ」

「それはそうだけど、奥野は本当のことを知っていたのかもしれねえぜ」

「だから殺されたって言いたいの？」

「そこまでは言いたくないけど、秋葉が灰色だってことは間違《まちが》いないと思う」

「あいつがそこまでやるとは思えないな」

亜子は首をかしげた。

「今はおとなしくしてるけど、いつ変身して、襲《おそ》いかかるかわかんねえぜ」

九鬼が、わざと怖《こわ》がらせようとしていることは、見え見えだった。

「それドラキュラじゃない？」

亜子は、笑い飛ばそうとした。

「おれが、じょうだん言ってると思ってんだな？」

「それはそうよ。だってある日突然《とつぜん》変身するなんて考えられる？」

亜子は、笑い出したくなるのをなんとかこらえた。

「信じなきゃいいさ」

九鬼から聞いた話は洋平にも話した。

「九鬼の話だけど、考えられないことではないという気がしてきた」

そのときは聞き流していた洋平が、突然意外なことを言い出した。

「どうして？」

思わず聞きかえした。

「秋葉なら何をやってもおかしくない」

洋平は、いつもと違ってきびしい表情をしている。

「そうかぁ、洋平ってそんなふうに雷太を見てたんだ」

「なんだよ。がっかりした顔するなよ」

洋平が、なぐさめるように言った。

「雷太が人殺しだって？　そんなふうには見えないんだけどなぁ。わたしの間違いなのかな？」

亜子は、急に自信がなくなってきた。

「このごろ部長は、取材からはみ出して、あいつにはまってるようだけど、気をつけたほうがいいぜ」

洋平の言い方には、やきもちとは違う、純粋《じゅんすい》な好意みたいなものが感じられるのがいい。

——洋平って、いいやつ。

「前にそういう話をしたことを覚えているか？」

洋平が言った。

「覚えている。もちろん。忘れるわけがないよ」

「おれの兄貴って、今高校一年なんだ」

「知ってるよ」

洋平はなぜそんな話を唐突《とうとつ》に持ち出したのだろう？

「兄貴の友だちで、西中の卒業生の北原《きたはら》っていうひとがいるんだけど、そのひとが教えてくれたんだ」

「何を？」

「またまたすげえ話なんだ」

洋平は、そこで一息入れた。

「どんな話？」

亜子は、洋平の顔をのぞきこんだ。

「秋葉は、西中の先生のカタログを作ったらしい」

「へえ、あいつ、そんなことやったの。カタログって何？」

　亜子は、雷太らしくもないと、なんとなくおかしくなった。

「ところが、それがふつうのカタログじゃないんだ。そこには教師のすべてが載《の》ってるんだ」

「すべてって何よ？」

「隠《かく》しておきたいスキャンダルなんかも、全部調べ上げてあるんだ」

「すごい！　見てみたい。どうやって作ったの？」

「それは秋葉に聞いてみないとわからない。しかし、聞いても彼は言わないだろう」

「そうかも」

　雷太のことだから、素直に教えてくれそうもない気もする。

「とにかく、これは教師に対する切り札だ。兄貴の友だち北原さんもそれを使っていい成績を取ったらしい」

「でも、それって不正じゃない？」

「常識的にはそうだけれど、秋葉は、そうは思っていないみたいだ」

「どうして？　それはおかしいと思うな」

「悪いことしてなけりゃ、そんなもの作られたって関係ないじゃん。そのカタログでびびるのはわるいやつだ。そんなやつにはこれくらいじゃまだ足りない」

そういわれてみると、そんな気がしてくる。

「そのカタログ、売ってるの？」

「北原さんは買ったらしい。コネで。だれでも買えるものではない。言ってみれば地下出版さ」

「雷太って、ずいぶんあくどいことやったんだ。いいこと聞いちゃった。でも、そんなことしたら、ばれるんじゃない？」

「もちろんばれたさ。教師は必死になって犯人捜《さが》しをやった。その結果こういうことをやるのは秋葉しかいないということになったんだ」

「証拠《しょうこ》は？」

「ない。けれど自殺した市原は、そのネタで秋葉にやられていたらしい。ほかにもやられた教師が何人もいるんだってさ」

「先生にいじめられるって話はよく聞くけど、生徒にいじめられて自殺するなんて聞いたことないよ。奥野もそうなの？」

「奥野は、そのことを知ってたから、秋葉を憎《にく》んでいたらしい」

洋平の話を聞いていると、事実だったかもしれないという気がしてくる。

「二人の教師の事件には、秋葉が関係していると見るのは常識だと言えるんじゃないか？」

「でも雷太が、自殺するまで追い込むだろうか？　そこまではしないと思うけど」

「そうだよな。おれもそう思う」

洋平も、亜子の意見に同調した。

「だけど、秋葉が西中の害虫だったのは間違《まちが》いないと思うな」

「教師にとっては、そうだったでしょうね。雷太がいなくなって、ほっとしているんじゃない？」

「身に覚えのある教師はそうだろう」

「雷太ってやるね。生徒たちはきっと喜んでいたんじゃないかな」

――そうか。

雷太を少年Aにしたかったのは、生徒より教師だったんだという気がしてきた。

4

授業が終わって帰ろうとしたとき、三好がやって来た。

「神藤、これから塾《じゅく》へ行くのか？」

「先生、なんでそんなこと知ってるの？」

亜子は、思わず三好の顔を見てしまった。

「教師は生徒のことは何でも知っておる。特におれは地獄耳《じごくみみ》だからな」

三好は、にやにやしながら言った。

「それじゃ聞くけど西中の奥野先生は今どうしてる？」

「なんでそんなことが知りたいんだ？」

三好は、けげんそうな顔をした。

「奥野先生って、突然《とつぜん》いなくなっちゃったんでしょう？　生きてるか死んでるか興味あるじゃん。特にわたしは新聞部なんだから」

「現実はミステリーとは違う。そんなことに興味を持つ暇《ひま》があったら……」

「勉強しろ」

亜子は、にやっと笑ってみせた。

「こいつ」

三好は頭を小突《こづ》く真似《まね》をした。

「先生個人の意見を聞かせて」

亜子はねばった。

「姿を隠《かく》してからもうじき一年になる。だれにも知られずに生きていることは難しい」

「ということは、生きていないってことね？」

「たとえ生きていなくても、殺されたことにはならん」

三好は、先手を打った。

「自殺ということもあるもんね」

「事故死かもしれん。だから興味本位の判断は慎《つつし》めと言ってるんだ」

「なるほど、先生の言いたいこと、よくわかります」

「わかればよろしい。では、早く塾へ行け」

「はい」

「ところで聞くが、おまえの行く塾は力がつくのか？」

「つきそう。なんてったって、塾長さんは大学教授なんだから。でも、まだ入れるかどうかわかんない」

「おかしなことを言うな。塾なんだから入りたければ入れるんだろう？」

三好は不思議そうな顔をした。

「それがそうじゃないの。会員制だから入るにはテストに合格しなければだめなんだって」

「なんだ、それは？」

「変わってるでしょう。だから入って調べたいの」

「亜子らしいな。挑戦《ちょうせん》してみるのも面白《おもしろ》いかもしれん。ただし大学教授が塾長というのは、ねこに小判だな」

　亜子は、頭からばかにしている三好の態度がかちんときた。

「それって、どういうこと？」

「その塾に行っても、成績はよくならん。これははっきり言える。なぜかというと、大学教授では中学生は教えられん」

　三好は断定した。

「どうして？　えらい先生のほうが力がつくんじゃない？」

「そう思ったら大間違いだぞ」

「それって、むかつく。行かないうちから、どうしてそんなことがわかるの？」

「簡単だ。その塾に行った生徒の成績がよくなれば、かならず評判になる。そうだろう？」

　三好の言うとおりだ。亜子は、しかたなくうなずいた。

「ところが、そんなうわさは全然聞いたことがない。これは、その塾が大したことないということだ。どうだ、違うか？」

三好はかさにかかって押《お》して来る。

「いいわ。塾に潜入《せんにゅう》して、いんちきかどうか、調べて報告します」

「いいだろう。もしおれが間違っていたらあやまる」

「あやまるだけじゃだめ。頭を丸めてください」

「それはひどいペナルティーだな」

三好はひるんだ。

「自信があるならいいでしょう？　それとも、自信がないの」

「いいだろう。受けて立とう。自信は大ありだ」

三好は胸を叩《たた》きながら行ってしまった。

亜子は、校門を出たところで三年の高橋に遇《あ》った。

「神藤、おめえ近ごろ一組の秋葉とつるんでるな？」

「つるんでるって、どういうこと？」

「秋葉の女かって聞いてんだ」

「ばか」

行き過ぎようとすると、うしろから髪《かみ》をつかまれた。

「何すんのよ?」

亜子は、大声をあげた。その声に高橋がひるんだので、校門の中に逃《に》げ込《こ》んだ。

高橋が追いかけてくる。三好の姿が見えたので、

「先生!」

と叫《さけ》んだ。高橋は、三好を見たとたん、校門から逃げ去ってしまった。

「どうした?」

三好が聞いた。

「高橋にからまれた。先生ありがとう」

「亜子にお礼を言われるのははじめてだな。たまには、教師も役に立つことがあるだろう?」

「はい」

「そう思ったら、先生の言うことも聞け」

「はい」

今日のところは、そう言うしかない。

『悠遊塾』へ行くと、教室には舜しかいなかった。

「まだだれも来ていないの？」

亜子は、パソコンに向かっている舜に聞いた。

「みんな好き勝手なときに来るんだ」

「そうか。ここにはいつ来て、いつ帰ってもいいんだ。先生はいないんだから」

「そういうこと」

「でもだれが教えるの、舜？」

「ぼくは教えたりしないよ」

舜がまじめな顔で言った。

「あれだけいろんなこと、知ってるのに？」

舜がうなずいた。

「それじゃだれ？　雷太君なんてことはないよね？」

「うん。雷太ではないよ」

「そんなあ〜。それでも塾といえるの？」

「言えるさ。親はちゃんと月謝を出してくれるんだから」

「なんで？　信じられない」

「そんなことはないさ。それなりの実績をあげているんだから」

舜と話していると、おとなではないかと錯覚《さっかく》しそうになる。

「何も教えないで、どうして実績をあげられるのよ。カンニングでもしてるの?」

「そういう愚《おろ》かなことはやらないよ」

こんな会話をつづけていると、自分がだんだんばかに思えてくる。

「どうしていい点を取るか、わたし知ってるんだ」

亜子はかまかけてみた。

「本当に?」

舜は疑わしげな目で亜子を見た。

「本当よ。教師カタログでしょう?」

「どうしてそんなこと知ってるんだ?」

舜の表情が微妙《びみょう》に変化した。

——ビンゴ。予想どおり教師カタログの版元はここだ。

「西中でやって、問題になったじゃない。わたしは新聞部よ。駆《か》け出《だ》しだってそのくらい知ってるよ。ばかにしないで」

「そうか、そこまで調べたとは大したものだよ」

舜を感心させたことでちょっと気がはれた。

「それが、この塾のウリなんでしょう？」

「まあね。ただし塾生でなくても秘密を守れる者ならだれだって売るよ」

「じゃわたしに売って」

「だめだ、東中はまだできていない」

舜は冷たく突《つ》っぱねた。

「だったら塾に入りたいって言ってるんだから、テストとかなんとか、ごちゃごちゃ文句つけずに、入れてくれればいいじゃない」

亜子は、わざとふくれて見せた。

「だめだよ」

「月謝払《はら》えばいいんじゃないの？」

「だめなんだ」

「そんな塾あり？」

「メンバー全員の承諾《しょうだく》を得ればいいんだ」

「その人たち中学生？」

「そう、中学生だよ」

舜は、すました顔で言う。

「全員がいいって言わなくちゃだめなの？」

「そうなんだ。それがここのルールなんだ」

「どうしてそんな変なことしなくちゃならないの？」

亜子は、だんだん頭が混乱してきた。

「ここに丸いテーブルがあるけど、なぜだか知ってるかい？」

舜の質問は、いつも唐突《とうとつ》である。

「それは、そのほうがみんな顔を向き合わせられるからでしょう」

亜子は、適当に答えておいた。

「そのとおり。それじゃもう一つ聞くけど、円卓《えんたく》の騎士《きし》って知ってるか？」

「アーサー王のあれでしょう？　そのくらいしか知らない」

「あれってのは頼《たよ》りないな」

舜は説明をはじめた。

六世紀ころ、イギリスの伝説的君主アーサー王は、名高い騎士たちを多数かかえていた。王は、臣下である騎士たちの席がすべて平等になり、会議や宴会《えんかい》の際に席次争いが起こるのを避《さ》けるためにと、大理石の円卓を作った。その円卓を取り囲む騎士たちは、円卓の騎士〝Knights of the Round Table〟と呼ばれ、イギリスにはこれらにまつわる数々の物語が残っている。

アーサー王と騎士たちは共に円卓を囲み、飲食しながら、武芸冒険談《ぼうけんだん》に花を咲《さ》かせたと伝えられている。

クリスマス、復活祭、聖霊降臨祭《せいれい》、聖ヨハネ祭など暦《こよみ》の上で重要な日には、すべての騎士が王の宮廷《きゅうてい》に集まるのが習慣で、また正餐《せいさん》をはじめる前には、必ず、アーサー王が不思議な話や出来事を騎士たちに望むことがしきたりとなっていた。

円卓の騎士たちの物語は、多くがフランスで作られ、シャンパーニュ出身の作家クレティアン・ドゥ・トロワが、もっとも初期の五編『エレックとエニード』『クリジェス』『荷車の騎士（ラーンスロット）』『獅子《しし》の騎士』『聖杯《せいはい》の物語（ペルスヴァル）』を描《えが》いている。

これらの五編の中でも、二編『荷車の騎士』と『聖杯の物語』は、中世の騎士物語の中でも大きな影響力《えいきょうりょく》を持った作品と言える。

『荷車の騎士』は、円卓の騎士団の中でも最も優れたラーンスロット騎士が、アーサー王の妃《きさき》であるグィネヴィアに道ならぬ恋《こい》をし、危地に陥《おちい》った王妃《おうひ》を救い出す物語である。

『聖杯の物語』は、奇跡《きせき》を起こす聖杯の伝説を扱《あつか》ったものとしては、今ある最古の作品として注目されている。

聖杯に関して言うと、大きな謎《なぞ》に包まれたままであったが、十三世紀初頭、ブルゴーニュの詩人ロベール・ドゥ・ボロンが連作の詩の中で、聖杯にキリスト的解釈《かいしゃく》を施《ほどこ》したと共に、聖杯がいかに英国にもたらされたか、その探求にアーサー王の宮廷の人々がいかに関わったかなど、物語の全体が語られた。

後に書かれた『聖杯の探求』（作者不詳《ふしょう》）では、聖霊降臨祭の日に、突然《とつぜん》、円卓にすわる騎士たちの目の前に聖杯があらわれ、テーブルの上に各人が食べたいと思う料理を供したといった内容が描かれている。

奇跡を引き起こす聖杯を見た円卓の騎士たちは、自分たちを聖なる器の恩寵《おんちょう》で満たしてくれたことに感謝し、彼らすべてが聖杯探求に参加する誓《ちか》いを立てる。

しかし、数多くの円卓の騎士の中で、聖杯の探求に成功するのは、三人（パーシヴァル、ボールス、ガラハット）だけで、大勢の騎士たちが命を落とした。

宮廷を離《はな》れて冒険に出かけ、幾多の試練に勝利して宮廷に戻《もど》るといった勇敢《ゆうかん》な騎士たち。円卓の騎士の物語はどれも、武勇、名誉《めいよ》、忠誠、貞潔《ていけつ》などを理想とした中世の騎士道が描かれている。騎士道をわきまえた優れた騎士たちの冒険が円卓の名を世に響《ひび》きわたらせたのである。

円　卓

「すると、この塾《じゅく》の人たちは円卓《えんたく》の騎士《きし》ってわけ？」

亜子は、なんだか伝説の世界に紛《まぎ》れこんだ気分になってきた。

「そういうこと」

舜がまともな顔をしているのがおかしい。

「わかった。あなたたちって騎士ごっこしてるんだ。そうかあ」

亜子が勝手にうなずいていると、

「そういう頭では、この塾には入れないね」

舜は重々しい口調で言った。

「どうして？」

「君は想像力が欠如《けつじょ》している。そういう人は、ぼくらの仲間にはしたくないよ」

舜に突《つ》き放《はな》されて、亜子はかっとなった。

何よ。えらそうに。そっちがそう言うなら、こっちだって願い下げよ。

そう言おうとおもったが、なんとか我慢《がまん》した。

亜子がすっかり黙《だま》りこんでしまったのが気になったのか、

「怒《おこ》ったのかい？」

と舜が聞いた。

「それだけ侮辱《ぶじょく》されて怒らない者はいないよ」

「それはそうだよな。わかるよ。でもごっこ遊びでこんなルールを作ったんじゃないよ」

「じゃあ何？」

「ぼくらの対等な関係を保つためさ」

「対等な関係？」

「ぼくらはお互《たが》いを認めているからこそ対等につき合うことができると思ってる。だから認められていない人を入れたら対等が崩《くず》れてしまうだろ？」

舜は、にこりともしない。

「じゃあ、わたし落第ね？　舜に認めてもらえなかったもの」

しかたない、と思った。

「いや、まだ決めてない」

「どうして？」

「ぼくは君がみんなと、どう渡《わた》り合《あ》うか見てみたいと思う、全部終わったら返事はその時するよ」

亜子は落ちなかっただけめっけもんだと思った。

「試験開始っていうことね」

「うんそうだね」

舜はやっと少しだけ笑った。

舜の母親晴子が、紅茶を持って来た。

「塾長が紅茶好きだから、うちではコーヒーは出さないのよ」

晴子は優雅《ゆうが》な手つきで、ティーカップに紅茶を注《つ》いでくれた。

「ミルクは冷たいほうがいいというのが塾長の意見だから、温めないわよ」

「うちの母も紅茶にうるさいんです」

「亜子のお母さん、何してるんだ？」

舜が聞いた。

「一応グラフィック・デザイナーです」

「へえ、すごいんだ」

「お父さんは何してらっしゃるの？」

晴子が代わって聞いた。

「美大の万年講師です」

「わかった。そういう環境《かんきょう》で育ったから、こういう子ができたんだ」

舜は、納得したみたいに何度もうなずいた。

5

『悠遊塾』に一時間ほどいたが、だれもやって来ない。しかたないから塾長の住所を聞いた。塾を出たら、そこへ行ってみるつもりだった。

西条の家は簡単に見つかった。

朽《く》ちかけて、強く押《お》すと壊《こわ》れそうな木の門から中に入った。庭は広くて一面に落ち葉が散《ち》り敷《し》いて、それがまるで織物みたいに見える。

掃除《そうじ》などしたことがなさそうで、この奥《おく》に人が住んでいるとはとても思えない雰囲気《ふんいき》である。亜子はそれがすっかり気に入った。

雑木林の奥に古びた洋館が見えた。玄関まで行くと樫《かし》のドアに、青銅製のかわいい天使のドアノッカーがついている。

亜子は二度、三度おした。するとドアが開いて、白髪《はくはつ》の老人が顔を出した。

自己紹介《しょうかい》すると、舜から電話があったから知っている、お上がりと言ってくれた。

二階の応接室に案内されて、アンティークの椅子《いす》にすわらされた。

「この椅子英国製ですか？」

と口から出まかせを言うと、

「十九世紀のものだ。君はこういうものに興味があるのかね？」

教授は、すっかり機嫌《きげん》がよくなった。

「両親が美術に関係しているものですから」

「そうか。ここにあるものは、みんな英国から持って来たものだよ」

西条に言われて、亜子は、あらためて部屋《へや》を見まわした。

「まるでイギリスにいるみたい。アーサー王のこと、舜君から聞きました」

「彼は稀《まれ》に見る頭のいい子だ」

舜のことを言うとき、西条の目はいっそう穏《おだ》やかになる。きっとお気に入りなのだと思った。

「教授、どうして塾長におなりになったんですか？」

「不思議かね？」

「はい。とっても」

「塾長になったわけは、あの子たちが好きだからだよ」

「なんだ、そうですか」

あまりあっさり言われたので、拍子抜《ひょうしぬ》けしてしまった。

「君は、ガーターという言葉を知っているかね？」

突然《とつぜん》西条に質問されて、

「知っています。靴下留《くつしたど》めのことでしょう？」

と反射的に答えた。

「そうだ。しかしこの言葉がガーター騎士団から来たことは知らないだろう？」

「はい、知りません」

「円卓の騎士団もそうだが、中世のヨーロッパには、いくつもの騎士団があった。スペインには、十四世紀にカスティリャ騎士団とか、サッシュ騎士団が生まれた。サッシュは知っているだろう？」

「腰《こし》に巻く飾《かざ》り帯《おび》のことでしょう？」

「この騎士たちは、白色の上羽織に真紅のサッシュを身につけていたので、サッシュの騎士とよばれた」

「へえ、かっこいい。ガーターはどうなんですか？」

「ガーター騎士団の設立は十四世紀の半ばだが、入団式でこういうふうに訓示されるのだ。高貴なる青い靴下留めを、汝《なんじ》の名誉《めいよ》のために結ぶこと。もっとも優れた騎士団の象徴《しょうちょう》として、忘れたり、しまいこんだりしてはならない。この勲章《くんしょう》によって、汝は勇気を持つように励《はげ》まされるだろう。戦場にあるときは、勇敢《ゆうかん》に立ち向かい、何ものにも打ち勝つであろう。そのほかに、ガーター騎士団の騎士は、イングランドを許可なく離《はな》れてはならない、敵味方で戦ってはならないという条項《じょうこう》もあった」

さすがに西条はくわしい。亜子が、はじめて耳にする話ばかりだった。

「わたしが教えているのはこんな話だ。興味あるかね？」

「教授、わたし正直ちんぷんかんぷんです、でも面白い。どうしても『悠遊塾』に入りたくなりました。なんとか許可していただけませんか？」

亜子は膝《ひざ》を乗り出して、西条に頼《たの》みこんだ。

「どうしてかな？　あそこは、進学塾ではないよ」

「はい。それは知っています。『悠遊塾』のことをもっと知りたいんです」

「君は変わっているね」

西条はしばらく沈黙《ちんもく》していたが、

「聖杯《せいはい》という言葉を知っているかね？」

また質問だ。こういうとき、あやふやなことは言わないほうがいい。

「聞いたことはありますけれど、知りません」

「聖杯とはキリストが最後の晩餐《ばんさん》のときに使った器のことだ」

「ああ、それなら知ってます」

亜子は、うなずいた。

「それは、キリストの受難の血を入れて、ケルトの土地へもたらされたと伝えられている」

「それって、場所はどこですか？」

「アリマタヤのヨセフは、聖杯を英国の西の果てに持って行ったということが、十三世紀初頭、ブルゴーニュの詩人ロベール・ドゥ・ボロンの詩に語られている」

「それで聖杯はどうなるんですか？」

「つまり騎士団に入るということは聖杯探求の旅に出発するということなのだ」

「どういうことか、全然わかりません」

亜子は、首を振《ふ》った。

「君たちが求める聖杯とは何か？　それはまだわからなくていい」

「舜君は知っているんですか？」

「舜も雷太も知らない。しかし歩いていれば、そのうち見えてくるだろう」

「教授のおっしゃることは、まるでナゾナゾみたい」

「そうか」

西条は、革の椅子《いす》から立ちあがると、部屋《へや》を出て行った。しばらくして、トレイに紅茶のセットをのせて戻《もど》って来た。

「ティータイムにしよう」

と言って、ティーカップに紅茶を注《つ》いでくれた。

このティー・ポットは、銀かもしれない。家にあるものより高そうだ。でも、きまってる。

亜子は、そんな目で、西条の手つきを見ていた。

「あの、それでわたしは、塾に入れていただけるんでしょうか？」

「舜に聞いただろうが、塾に入るにはメンバー全員のＯＫが必要だ。アタックしてみたまえ」

これは教授が承諾《しょうだく》してくれたみたいなものだ。最大の難敵は雷太だ。こいつは一筋縄《ひとすじなわ》ではいかない。

どう攻《せ》めるべきか？　いい考えは、まだ思いつかない。

「教授、雷太君のことどう思いますか？」

「君は雷太のことが気になるとみえるな」

西条は、亜子の不安を見とおしている。

「あいつ、苦手なんです」

「そうか、君にも苦手があるのか」

西条は、優しい目で亜子を見つめている。この目を見ると警戒心《けいかいしん》が消えてしまう。

「君は君のペースでやればいい。雷太のペースに合わせようとしないほうがいい」

――そうか。

亜子は急に目の前が明るくなった。

「教授、あいつって、いいやつですか？　それとも、悪いやつですか？」

「善と悪とは捩《ねじ》りあった紐《ひも》みたいなものだ。見かたによって、どちらにも見える」

「それって、どういうことだかわかりません」

「わからなくていいのだ」

西条の家に、一時間以上いて、西条と一緒《いっしょ》に表に出た。いつの間にか外は夕方になっていた。

井の頭公園を歩いている人の数も少ない。

「教授、メールをおやりになりますか？」

きっとやっていないだろうな、と思いながら聞いてみた。

「外国の連中とやり取りしている」

西条は、当たり前のことを聞くなという顔をしている。

「失礼しました。それじゃメル友もいますか？」

「メル友というのは何かね？」

西条は、けげんそうな顔をしている。

「メール友だちのことです」

「友だちはたくさんいるが、特別そういう友だちはいないね」

「わたしはメル友がいっぱいいるんです」

亜子が言った。

「君ならたくさんいそうだ」

「今一番仲のいいのはブブです」

「ブブ？　それは男かね。それとも女かね？」

「どちらかわかりません。そんなこと、どうでもいいんです」

「なるほど、そうか」

西条は何度もうなずいた。

「わたしは、これから夕食の買い出しに行く」

亜子は、教授が一人暮ししていることを、すっかり忘れていた。

吉祥寺駅まで来て西条と別れた。

うしろを振り返ると、ステッキを手に、帽子《ぼうし》をかぶって足早に歩いて行く姿は、そのまま英国紳士《しんし》であった。

亜子は舜に電話して、西条に会ったことを報告した。

「感触《かんしょく》はどうだった？」

舜が聞いた。

「いけそう」

声が自然にはずんだ。

「それはよかった。明日は双子《ふたご》の健と康に会うといいよ。二人に話しておいた」

「ありがとう。二人が相手じゃちょっとしんどいな」

「けんかするんじゃないんだ。びびることはないさ」

そう言われればそうだ。気にすることはない。

亜子は、自分に言い聞かせた。

ブブへ
今日、突然《とつぜん》、担任の先生が塾《じゅく》のことを聞いてきた。どこでばれたんだろう。

「おれは地獄耳《じごくみみ》だ」とか言ってたけど、どうせおしゃべりのヨウヘイにでも聞いたに違《ちが》いない。

今日悠遊塾へ行って、シュンに会った。

私が塾についてわかった事。

あの塾の丸いテーブルは円卓《えんたく》の騎士《きし》からきている。

(このテーブルにつく者はみな対等、という意味があるらしい)

他の塾生全員に認めてもらわなければ塾に入れない。

(塾に入るというより、彼らの仲間になるということか?)

教師のスキャンダルなどの載《の》った冊子を作り販売《はんばい》している。

(これはかなり過激だ、西中の事件に関係しているのは確かだと思う。シュンまで荷担していたとは、ちょっと意外だった)

それから塾長の西条教授の家に行って、教授と会った。

難しい質問ばっかりで私はちんぷんかんぷん。

そして教授から聖杯のことを聞いた。円卓の騎士って聖杯を探しに旅に出るんだって。

塾生たちも聖杯を探してるんだって。

それからもう一つ、雷太を西中から追い出したのは教師たちだって言う人がいる。

もしかしたらそうかもしれないと思えてきた。
今日の文章わかる？　わからないでしょう。わたしにもわからない。支離滅裂《しりめつれつ》でごめん。
あっ、それと西条教授に入塾の承諾をえることができた。次は双子の不良！　結果はいかに!?

アコ

アコへ
悠遊塾は対等な仲間しか入れない、教えてもらうだけの塾生は必要ないということだろう。
聖杯とはキリストが最後の晩餐《ばんさん》のときに使った器、円卓の騎士は聖杯を求めて世界中を求めて回ったといわれている。
塾生たちも円卓の騎士のように理想を掲《かか》げ真理を探求していってほしいと言っているのではないだろうか。

ブブ

Ⅳ章　双子の戦士

1

吉祥寺駅京王《けいおう》井の頭線改札前、亜子が約束の場所に15分前に着くと、すでに背の高い精《せい》悍《かん》な顔つきの男が一人待っていた。

――げっヤバッ、もう来ている。

「あの、神藤ですけど」

顔は前にのぞき見て知っていた亜子はあせって声をかけた。

「へーぇ、君が亜子ちゃんか。舜の言ってたとおりだ」

男は愛想よく笑った。

「おれは松岡健。今日はよろしく」

健は亜子の想像とは違《ちが》い、ひどくラフで気さくな感じだ。しかし、康のほうが見当たらない。亜子がきょろきょろしていると。

「康のやつなら来ないぜ。あいつは朝、熱が出て家で寝込《ねこ》んでる。それより今日はどこに行こうか？」

「えっ、でも今日は塾のテストなんじゃ？」

「ああそうさ、今日一日デートするってのがおれのテストさ」

「はあ？」

あっけにとられる亜子。そういえば彼の服装もきまっている。

「それより時間がもったいない」

と言うなり、亜子の手を取って、半ば強引にそこをつれ出した。

「リクエストがないなら、おれにおまかせってことで。テスト開始だ」

亜子はとりあえず調子を合わせることにした。

その日、健のつれて行ってくれた所はどこも面白《おもしろ》く、亜子も単純に楽しんでしまった。

「腹がへっただろう？　ここのお好み焼きは絶品だぜ」

目立たないその店は知る人ぞ知るといった趣《おもむき》で、ふらりと入った健は、店長とも顔見知りらしく、何か楽しそうにやり取りしている。

亜子は彼を見ていて、そうとうな遊び人に違いないが、人が言うほどワルには見えないと感じた。

そのとき、

「やっと見つけたぜ、ばか健！」

突然《とつぜん》健にそっくりの男が入って来るなりどなった。すごいけんまくだ。康だなと直感した。

遠くから二人を見たことはあるが、近くでみると、まるで鏡に映したようにそっくりである。

「てめぇー抜《ぬ》け駆《が》けしやがって、きたねぇーぞ！」

康は完全にキレている。

「遅刻《ちこく》するおまえが悪い」

健はしらっと言った。

「黙《だま》れ！　おれは時間どおり着いたのに、いつまでたっても、だれも来やしねぇ。まさかと思って捜《さが》してみればこのありさまだ！」

亜子は、健がやけに早くから待ち合わせの場所にいたのを思い出した。健は楽しそうに笑うと、

「今日は本当に楽しかったなぁ。ねえ亜子ちゃん」

突然、健に話を振《ふ》られて亜子はしどろもどろになった。

——何もわざわざ挑発《ちょうはつ》しなくても……。

康はうめきながら、健に殴《なぐ》りかかると、店の中で取っ組み合いのけんかをはじめた。こうなると、だれも止められない。店の中はめちゃくちゃになった。

——やっぱりこいつらは、うわさどおりワルだ。

二人のけんかは、まるで竜巻《たつまき》が通りすぎたように、突然終わってしまった。暴れるだけ暴れて気がすんだのだろう。

亜子は、あらためて康に自己紹介《しょうかい》した。

松岡健と土屋《つちや》康は双子《ふたご》である。健と康は二人が生まれたとき未熟児だったので、健康に育つように願いをこめてつけた名前である。

二人は親の願いを裏切ることなく中学二年生の今日まで、病気ひとつせずすくすくと伸《の》びた。現在は身長が175センチある。

ところが親のほうは、二人が小学校に入学して間もなく離婚《りこん》してしまい、健は父親に、康は母親に引き取られ、康の苗字《みょうじ》は土屋に変わった。

しかし二人とも体を鍛《きた》えるために合気道の道場に通っていた。二人の住所はばらばらになってしまったが、道場にだけは通うことになった。

稽古《けいこ》は週に二回あるので、そのとき会うことができる。そのため二人とも寂《さび》しい思いをせずにすんだ。

小学校の高学年になると、二人ともめきめきと力をつけ、道場でも目立つ存在になった。六年の終わり、二人一緒《いっしょ》に街を歩いていると、中学生の不良グループに取り囲まれて、金を出せと恐喝《きょうかつ》された。いやだと言うと殴りかかってきた。

相手は四人いたが、あっという間にたたきのめしてしまった。ところが、それが道場に知れて、二人は破門されてしまった。

中学に入学してからは、二人の名前は有名になり、毎日のようにけんかをふっかけられたが、こちらはタッグチームなので、面白《おもしろ》いように相手をやっつけることができた。

けんかのときは、二人とも協力しあったが、それ以外は決して仲良しではない。どちらもナンパ師で、かわいい女の子と見れば声をかけたが、おたがいに出しぬくことはしょっちゅうである。

たとえば健が約束を取りつけて待ち合わせしたとする。それを康が知ったら、健より先に待ち合わせ場所に行き、健になりすましてデートしてしまう。女の子は最後まで気づかない。

こういうことはおたがいさまだから、やられたら、やりかえせばいいだけのことである。

二人とも家は別なので、毎日井の頭公園で待ち合わせすることにしている。兄弟というより友だちという関係である。

この二人が『悠遊塾《ゆうゆうじゆく》』に加わった最初のメンバーである。二人は、かわるがわる塾に入ったいきさつを亜子に話した。

井の頭池の遊歩道にはベンチがある。健と康が会うときは、どちらか先に来たほうがベンチに腰《こし》かけて待っている。

そのベンチは決まっていて、だれかがそこに腰かけているとどかしてしまう。なかにはいやだと言う者もいるが、そういうときは力ずくでもどかす。

その日健が先に来た。見るとベンチに雷太が寝《ね》ている。健は雷太にどけと言った。すると雷太は素直に立ちあがった。

——こいつ、やるな。

けんかが日課のような健にとっては、ひとめみただけで、相手の力はわかる。雷太はかなりやると見た。

「金持ってるか？」

これは、金を出せという意味だ。中学生なら、そのくらいのことはだれでもわかる。

「金はない」

そう言う雷太は、全然びびっていない。このやろうと思ったとき、

「そこにすわってもいいか？」

と雷太が言った。健はどう言おうか迷っているうちに、雷太は健の脇にすわってしまった。

「金がほしいのか?」

いきなり聞いてきた。

「あたりめえだ」

「それなら、いい儲《もう》け口《ぐち》がある」

雷太は、健の耳に口を寄せて言った。こいつ、もしかしたらヤクザの手先かもしれないと思った。

「ヤバイことか?」

「違《ちが》う。おまえ塾へ行ってるか?」

「塾? そんなところに行くわけねえだろう」

健が言ったとき康があらわれた。

「こいつの話を聞いてみろ。変なことを言ってる」

雷太は、康にもう一度話を繰《く》り返《かえ》してから、自分たちで塾をやろうという話をした。

「そいつは面白《おもしれ》えけど、うちの親はうんと言わねえな」

健が言うと、康もうなずいた。

「どうしてだ？」

雷太が聞いた。

「おれが突然《とつぜん》、塾へ行って勉強するると言ったって、信用するわけねえだろう。親を騙《だま》すなと言われて、頭のひとつもひっぱたかれるのがおちだ」

健が言うと、康もそうだと言った。

「そう言われないために、こっちは東大大学院の院生を、教師にしてあるんだ」

「東大？　ガセじゃねえのか？」

健と康が、疑わしそうな顔をした。

「とんでもない。東大大学院で生物学を研究している超天才《ちょうてんさい》だ」

「そんな超天才が、どうしてそんなくだらないことをやるんだ？」

「金のためさ。そのひとは、研究のことしか頭にないんだ。アルバイトなんかもしないので、いつもピーピーなんだ。だから日当五千円でも喜んでやるんだ」

「そんなの人間じゃねえ。そいつ、宇宙人じゃねえのか？　驚きだぜ」

康は、しきりに感心している。

「ところがこの人、頭は飛びきりだが、しゃべりは小学生以下だ」

「それじゃ使えねえだろ」

「まああわてるな、そこでおれはこの人に想定問答集をわたすことにした」

「なんだよ？　想定なんとかって」

健が聞いた。

「たとえば、おまえんちへ行くとする。親はいろいろ聞くだろう。うちの子はどうしてできないのなんて」

「それは絶対聞く。そう聞いたら、親がアホだからと言えばいい」

康が、大口をあけて笑った。

「そんなこと言ったら、入る者はいない。だから向こうがそう聞いたら、こう答えるというシナリオを作っておくんだ」

「ふーん、そんなことまでやるのか？」

健がうなった。

「たとえばこんな具合だ。うちの子はどうして勉強しないんでしょうか？　と言われたら、わたしも中学のときはそうでした。しかし心配することはありません。そのうち必ず勉強したくなります。そのときは、一挙に飛躍《ひやく》するでしょう。安心して、焦《あせ》らずそのときを待ちましょう」

健と康が手をたたいた。

「すげえ！　おれ、その塾に入るよ」

健が言うと、康も、「おれも入る」と言った。

「こうして、おれたちは『悠遊塾』に入ったんだ」

二人の話を聞いた亜子は、腹をよじって笑った。

「雷太がすげえってことはわかったろう？」

健と康が雷太に心酔《しんすい》していることは、手に取るようにわかった。

「そうね」

ここであまり感心するのは、ちょっと癪《しゃく》にさわるのでさりげない顔をした。

「『悠遊塾』に入ってからが面白いんだ」

健は、亜子の気を引くように言った。

「聞かせて」

亜子もつづきを知りたかった。それは次のような話である。

2

『悠遊塾』に行くようになって、しばらくしてから、

「気は変わらねえか？」

と康が言った。

「変わらねえ」

健は、なぜそんなことを言うのだろうと思った。

「まじか？」

康は、さらに聞いた。

「このところ毎日が退屈《たいくつ》で、死にそうな気分だった。塾へ行くようになって、やっと退屈から解放された」

「それはそうだけど、やつはまともじゃねえと思うんだ」

「それを言うなら、おれたちはどうなんだ？」

「そうかぁ。退屈しのぎにはいいか」

康が軟化《なんか》してきた。

「好きなように暴れてもいいってんだから面白いぜ」

健は、遠まわしに康を挑発《ちょうはつ》した。これまで二人がばらばらになったことは一度もない。康がのってくるのはわかっていた。

「じゃ、おれもやってみるか」

「やってみようぜ。おれはやつのばかばかしい話が気に入ってんだ」

「学校をぶち壊《こわ》すというのはおれも気に入ってる。そのためなら力を貸してやってもいい。だけど、あいつ本気か？　そこが今一《いまいち》信じられねえ」

康のほうが冷静である。

「いいじゃねえか。どうだって」

「おまえって楽天的だなぁ。そこがおれと違《ちが》うところだ」

「そうかもしれねえ」

そう言いながら、康のほうが雷太を気に入って、毎日のように『悠遊塾』に出かけるようになった。もちろん健も一緒《いっしょ》である。

健はそこで車椅子《くるまいす》の少年舜と出会った。パソコンを自由に使いこなしている舜を見ていると、これが同じ中学生とはとても思えない。単純な二人は、ただただ凄《すご》いと尊敬してしまう。

こんなことははじめての経験である。舜は、これまで健が抱《いだ》いていた常識がひっくりかえってしまう存在だった。

世の中には自分たちの想像を超《こ》えた人間がいるのだ。このことを知っただけでも、健にとっては新しい発見であった。

西条に会ったことは二人の人生を変えた。

西条教授の話すアーサー王と円卓《えんたく》の騎士《きし》の物語は、つづきが待ち遠しかった。それまで本など読んだことのない二人にとって、物語の世界に引き込まれるのは新鮮《しんせん》な驚《おどろ》きであった。

二人ともその話に夢中《むちゅう》になり、雷太から、

「おれたちは円卓の戦士になるのだ」

と言われたときは、まるで自分たちが物語の主人公になったみたいに舞《ま》い上《あ》がってしまった。

「話を聞いてると、二人が羨《うらや》ましい。どうしても『悠遊塾』に入りたい。おねがい、合格させて」

亜子は、二人に向かって真剣《しんけん》に頼《たの》みこんだ。

「君のことは、舜から聞いている」

「雷太からも聞いた」

　健が言うと、康もたてつづけに言った。

「雷太君は、わたしのことをなんて言ってます？」

「気になるのか？」

　健が聞いた。

「そりゃ気になりますよ。始終けんかしてるんだから」

「雷太とけんかするなんて、大物だぜ」

「褒《ほ》められるほどのことじゃないです。あいつ、わたしのことをばかにしてるから頭にくるんです」

「それでも入りたいのはなぜだ？」

　健は首を傾《かし》げた。

「わたし新聞部なんです。雷太君って謎《なぞ》が多いでしょう？　だから」

「新聞部か……。たしかに雷太は、何を考えているかわからねえことがある」

「そうでしょう。わたしはその謎を解いてみたいんです」

「謎を解いたら、新聞にのせようってのか？」

「それだけじゃありません」

「それだけで入りたいんなら、入っても意味ねえぜ。おれたちにはやらなきゃなんねえ目的があるんだ」

「なんですか？　それ」

「日本中の学校をつぶしてしまうんだ」

「ちょっと待ってください。それ雷太君が言ってるんですか？」

亜子は、もう少しで笑い出すところだった。

「そうだ」

健がうなずいた。

「雷太君の言いそうなことだわ」

「驚かないのか？」

「驚かないといけませんか？」

亜子は聞き返した。

「これを聞いて、へっちゃらな顔してるのは君くらいのものだ。変わってるな」

「そうですか。実はわたし、学校の弁論大会でみんなでカンニングしようって話したんです」

「むちゃくちゃなこと言うやつだな。みんなに受けたか？」

「そのつもりでしたが、全然でした。でも雷太君だけは面白《おもしろ》いって言ってくれました」

「そうか、わかったぞ。雷太は君のことを買ってる。だから入れたいんだ」

「入れたいなんて言ったんですか？」

亜子は、急に目の前が明るくなった。

「雷太はそういうことは言わない。ただおれに会えと言っただけだ」

「それだけですか？」

亜子は、不満であった。

「おれたちはオーケーなんだからいいだろう？」

「やったあ！」

健に言われて、亜子は、派手に声をあげた。

「君って、オーバーだな」

健が呆《あき》れている。

「教授がいいって言ってるんだから大丈夫《だいじょうぶ》だ。おれが太鼓判《たいこばん》を押《お》す」

健は、まるで試験官みたいな口の利き方をするのがおかしい。

「ありがとうございます」

亜子は、二人に頭を下げた。

「おれはまだだぜ」

と康が言った。

健は、けげんそうに康の顔を見た。

「どうしてだ？」

「おれはまだデートしてねえ」

「いいわよ。デートする」

ここまで来たら、いやとは言えない。

「なら合格。では時間と場所はあとで電話する」

康は、満足そうににやりとした。

「それなら、おれたちのテストはこれでおしまいだ。次は摩耶に会え。紹介するから塾に来い」

「じゃ、一緒《いっしょ》に帰ろう」

亜子が言うと、二人が顔をしかめて、

「おれたちは残らなけりゃなんねえんだ」

「どうして？」

亜子が聞いた。

「掃除《そうじ》だよ。後片付けをしなくちゃなんねえんだ」

と言うと、店長がうしろでうなずいていた。

ブブへ
結論から言っちゃうと双子《ふたご》の不良のテストは合格！

半日デートがテストだった。彼ら意外と紳士《しんし》で、デートは結構あたりだった。

でももろもろあってすごーくつかれた。

（じつは彼ら兄弟げんかで一軒店を破壊《はかい》したの）

次はマヤって子に会うらしい。

ライタが何かやるらしい。そんなうわさが東中で広まりだしてる。わたしは、根も葉もないうわさだとは言いきれない気がする。

それが何かはわからないけれど、彼が何かやろうとしていることは、わたしも双子たちから直接聞いているのだから。

でも、だれがこんなうわさを流しているのだろう？

今のところ、生徒たちはあまり反応しないけれど、そのうちどうなるかはわからない。

ちょっと心配だけど、ライタは平気みたい。

アコ

アコへ
ライタのことは放っておけばいい。うわさの出所はわからないが、だれかの意志があるようにも思える。
こんなうわさが飛び交っている時期に悠遊塾に入るのは、かなりの危険を覚悟《かくご》しなくてはならない。それは君の判断だ。

ブブ

3

摩耶が小学校五年のとき、水泳の自由形で出した記録は、その年のジュニア選手権を獲《かく》得《とく》した。

それまで無名の選手だっただけに、親や学校の舞《ま》い上《あ》がりかたは異常だった。摩耶はおとなたちに振《ふ》り回《まわ》された。

記録は泳ぐたびに更新《こうしん》されたので、摩耶も夢中《むちゅう》になって泳いだ。天才スイマーとしてマスコミにも登場した。次のオリンピックは金メダル確実と書くスポーツ紙もあった。

ある日、摩耶に突然転機が訪れた。

――泳ぐって何だろう？

わたしは、おとなを喜ばせるために泳いでいるみたい。そんなのいやだ。

――もう泳ぎたくない。

水泳を止《や》めようと思って、雷太に相談した。

「止めたら」

と雷太はあっさり言った。そのひと言で、摩耶は水泳を止めてしまった。それまで期待が大きかっただけに、おとなたちのリアクションは大きかった。

いろいろな人から止めるなと言われ、言うことを聞かないと、今度は雨あられの悪口雑言であった。それは、小学生だからといって容赦《ようしゃ》しなかった。しかし摩耶は耐《た》えた。

「わたしは他人を喜ばせるためには泳がない」

そう言えよと雷太に言われて、そのまま記者発表した。

摩耶はそう言いつづけることによって、はじめておとなから解放され、自分を取《と》り戻《もど》すことができた。

そこまでなるためには、雷太と舜のサポートがあったからだと思っている。摩耶は、それ以来、暇《ひま》があると『悠遊塾』に出かけるようになった。

そこは、これまで、記録を伸《の》ばすことしか頭になかった摩耶にとっては、別の世界であった。

――こんな世界があるなんて。

摩耶は、雷太や舜と会い、話をしているのが楽しくてしかたなくなった。

舜に触発《しょくはつ》されてパソコンの勉強もはじめた。西中に入ると教師カタログも作った。

中学に入ってからは、また水泳をやり出したが、今度はただ泳ぐだけで人と競争するのは止めた。

すると、これまで泳ぐことは苦痛だったのが、楽しみに変わった。

それは西条のアドバイスだったが、摩耶は『悠遊塾』へ行くようになって自分が充実《じゅうじつ》し、確実に変わったことを自覚した。

雷太は、西条からアーサー王の話を聴《き》いてから、自分たちも円卓《えんたく》の騎士団《きしだん》を作ろうと言いだした。

摩耶は、円卓の騎士団には、当然入れるものと思っていた。

ところが雷太は、摩耶を騎士団には入れないと言った。そこで舜に頼《たの》むと、舜も女性はだめだと言った。

「どうして女性はいけないの？」

「騎士団というのは、もともと戦闘《せんとう》集団なんだ。女性は戦いにはなじまない」

舜まで反対するとは思ってもいなかった。そこでしかたなく西条に直訴《じきそ》することにした。

「彼らがどうしてそう言ったかというと、それはわたしがこういう話をしたからだろう」

騎士のことを英語ではナイトという。騎士が持つべきモラルを騎士道精神という。それは、忠誠、公正、勇気、武勇、慈愛《じあい》、寛容《かんよう》、礼節、奉仕《ほうし》、名誉、貞潔《ていけつ》である。

慈愛というのは、貴婦人へ捧《ささ》げられる愛と奉仕だといわれている。

騎士のウルリヒは、恋人《こいびと》を称《たた》えるために、こういう詩を歌っている。

名誉《めいよ》を求める騎士よ、心にとどめよ、
価値ある女性のためにこそ、武器を取って戦うのだと。

もし、自分の人生を騎士らしく
立派に費やしたくば、
もっと美しい婦人に求愛せよ。

男の勇気は武勲《ぶくん》で試される。
臆病《おくびよう》は武道には無縁《むえん》。
臆病風に吹《ふ》かれ、
心の恐怖《きようふ》を盾《たて》で隠《かく》すのは
女性に対して不実な男。

わが盾をもってこい！　今日こそ、しかと見るがいい、
最愛の貴婦人のために戦う私を。
（『騎士道物語』リチャード・バーバー／田口孝夫訳／原書房）

「おどろいたぁ。でも騎士ってすてき。感動しちゃった」

摩耶は、頭がぼおっとなった。

「雷太には騎士とはこういうものだという思いこみがあるのかもしれない。だから、入団を拒否《きよひ》したんだろう」

西条が言った。

「何かいい方法はありませんか？　わたし、どうしても入りたいんです。わたしは体力だっ

　て男子には負けません」

　けんかだって負けないという自信があったが、それは黙《だま》っていることにした。

「考えてみよう。まかせておきなさい」

　摩耶は、西条の表情を見て、これなら大丈夫《だいじょうぶ》いけそうだという気がしてきた。

　それから数日後、『悠遊塾』で集まりがあった。

　摩耶は、円卓を取り囲むことはできるが、あくまでもオブザーバーである。

「摩耶君のことだが」

　と西条が切り出した。みんなの目が西条に集まった。

「騎士は女性を尊敬しなくてはならないということを、わたしは君たちに話した」

「はい、そう言われました」

　舜が答えた。

「そのことについてだが、君たちは摩耶君の入団を拒否したそうだな？」

「ことわりました。ただしここに来るのは自由です」

　雷太が事務的に言った。

「理由を聞かせてくれないか？」

「それは彼女に言いました」

「ええ、聞きました。理由は私が女だということです。その理由は騎士団には女を入れないということです。二十一世紀になろうとする今日、どうして千年前のきまりをもち出すのか。これって時代錯誤《さくご》だと思います」

摩耶は一気にまくしたてた。

「おれたちは、中世の騎士団だとは思っちゃいないよ。おれが言いたいのは、われわれは戦闘集団だということだ。戦いは男がやるものだ」

「それは雷太君、違《ちが》う」

摩耶は、雷太の目を真直《まっす》ぐ見て言った。

「何が違うんだ？」

摩耶は雷太と眼《め》が合った。爽《さわ》やかな光のある眼だ。

「戦いに女は加わらないといったのは昔の話よ。アメリカ軍を見てみなよ。女性兵士がいるじゃない？」

摩耶が言ったとたん、健と康が手をたたいた。

「それに、私は体力で男子には負けない自信がある。うそだと思うならテストしてもいいよ」

「すげえ。摩耶の言うとおりだ。女だからって差別するのはおかしい」

「健の言うとおりだ。摩耶をメンバーにしようぜ。彼女はハンパな男より頼《たよ》りになるぜ」

康にしては珍《めずら》しく気合が入っている。

「康君の言うことは正しい」

西条が言ってくれた。

「おれ、先生にほめられたのははじめてだぁ」

西条にほめられた康は、すっかり舞《ま》い上《あ》がってしまった。

「よし、それじゃ摩耶をメンバーにしよう。いいか?」

雷太は舜の顔を見た。

「いいよ」

舜がうなずいた。

「ありがとう！　わたし決してみんなに迷惑《めいわく》かけないからね」

摩耶は、頰《ほお》が燃えそうに熱くなって、その場で飛びあがりたくなった。

4

亜子が摩耶に会う日、亜子は約束の時間より少し早く塾に行って、健と康と三人で待っていた。

勢いよくドアが開いて、背の高い女の子が飛び込んで来た。亜子を見るなり、

「あなたが亜子?」

と聞いた。

「そうです。神藤亜子です」

「私は千賀《せんが》摩耶」

元気のいい声。体全体からエネルギーが噴《ふ》き出《だ》している感じである。

摩耶のからからしていて開放的な言いかたに、亜子は好感を持った。

「摩耶さん、スタイルいいですね」

亜子は思ったことをいきなり言った。

「舜から聞いてるわ。同級生でしょ、さん付けはやめて、摩耶でいいわ」

「じゃあ私は亜子で……」

「おれたちも呼び捨てでたのむぜ、亜子」

亜子の返事がすまないうちに康が割り込んできた。

「相変わらず、ずうずうしいわね」

摩耶が言うと、

「今度亜子もおれたちの仲間になることになった」

健がにやにやしながら言った。

「亜子、この二人には気をつけたほうがいいわよ」

摩耶が言った。

「どうして？」

「二人ともナンパ師だから」

「それは、もう知ってます」

亜子が笑いながら言った。

「へえ、驚いた。もうやったの？」

「やったなんて、失礼なこと言うなよ、おれは『悠遊塾』のことを話しただけだ」

健が言うと、康が、

「おれだってそうさ」

「どうだか？」

摩耶が言ったとたん、二人が爆笑《ばくしょう》した。

「摩耶は小学生のときは日本でも有名な水泳の選手だったんだ」

と健。

「へえ、すごい」

亜子は、あらためて摩耶を見なおした。

「全然そんなことないよ、補欠よ補欠」

「うそつけ、全国大会で優勝したくせに」

と言う健を、

「余計なことを言わなくていいの」

といって摩耶は蹴《け》っ飛《と》ばした。

亜子は摩耶がそのことを隠《かく》そうとするわけが、わからなかった。

そのとき晴子が、紅茶を持ってやって来た。

「亜子ちゃん、いらっしゃい」

晴子が親しげに話しかけたので、健と康が、あれっという顔をした。

「ママ、亜子を知ってるの？」

二人は、晴子のことをママと呼んでいる。

「ええ、よく知ってるわよ」

晴子が紅茶を淹《い》れながら言った。

「なんだ、そうだったのか」

「がっかりすることはないでしょう」

摩耶がおかしそうに笑った。

「ねえ、雷太君って何をしようとしてるの？　学校をつぶすって本当？」

「亜子、そんなことも知らずに塾に入ろうとしたの？」

摩耶が不審《ふしん》そうな顔をした。

「彼のことをもっと知りたいから」

「知りたがり屋なんだ。新聞部だから」

康が言った。

「なんだ、そのために入りたいの？」

「それだけじゃない。面白そうだから」

摩耶は、疑っているかもしれない。亜子は、そんな気がしてきた。

「雷太が考えていること教えてやろうか」

健が言った。

「教えて」

亜子は、ちょうどいい助《たす》け舟《ぶね》だと思った。

「雷太の話をよく聞いてみるとこうなんだ」

健はひと息ついた。

「これからおれたちの時代がやって来る。だからおれたちは新しい社会の仕組を作っていかなければならない」

「そのくらいのことはわたしにもわかるわ」

「たとえば、新しい家を建てるには、古い家をまずは壊《こわ》さないといけないだろ」

「ええ」

「それと同じで、今ある学校をいっぺんぶっ壊さないと、新しい物は作れねえ」

「学校をつぶすってのはそういうことさ」

康がつづけた。

「おれたちが破壊《はかい》したくなるのは、無意識にそう感じてるからだって雷太は言ってる」

——うまいことを言う、そうやって双子《ふたご》をのせたのか。

亜子はそう思ったが黙《だま》っていた。

「言いたいことはわかる。だからどうすればいいの?」

雷太が、こんなことを話しているなんて、亜子は全然知らなかった。

「今の社会の仕組は自分たちがいいようにおとなたちが作ったものだ。だからはいそうですかと簡単に明けわたすわけもない」

「ええ、わかるわ、何をやるの? 革命?」

「革命という言葉は古い。おれたちはもっと違《ちが》う方法で目的を達成するんだ」

健は、だんだん熱っぽくなってきた。

「どういう方法？」

「おとなたちが、自分のほうから城を明けわたすように仕向ける方法さ。しかも、自分たちは、明けわたしたことも気づいていない」

「それじゃマジックじゃない。具体的にどうするのよ？」

「それは雷太が話すだろう」

「雷太が話すだろうって、おい！」

亜子はあきれてつっこんだ。

「実はおれもよくわかんねえんだ」

健は、笑ってごまかした。

「先生の弱みを握《にぎ》って脅《おど》したりしてるって聞いたわ、それで学校変わるかしら」

「それは、違《ちが》うわ亜子！」

摩耶が厳しい口調で言った。

「亜子、私たちがカタログ作ったこと知ってるよね」

「うん」

「あのカタログ、喜んだ先生もいっぱいいたのよ」

「えっ、なんで?」

「あのカタログには、あくまで真実しか書かれていない。嫌《いや》がったのは何か後ろめたい教師だけよ、逆にがんばっている先生はみんなに評価された」

摩耶はつづけた。

「だってあれは、先生を脅すために作ったわけじゃない、私たちが良い先生を見つけるためのカタログなんだから」

「そうか、ごめんなさい、わたし勘違《かんちが》いしてた。テストの答案用紙とか先生の弱みとかいっぱい載《の》っている本で、それを利用していい点取ってるんだと思ってた。本当にごめんなさい」

「謝ることはないの。でも亜子の言うとおり、理想どおりには行かなかった。雷太はまだいろいろ考えているみたいだけど、とりあえず、わたしたちが今やっているのはこんなところ。それでもまだここに入りたい?」

「ええ、ぜひ。私も手伝いたい!」

亜子は、どうしても入りたくなった。

「ふうー、あなたってめげないね、好きよ、そういうの」

摩耶の表情がゆるんだ。

「じゃあ」

「私も亜子が入るの賛成よ」

「やった！」

なぜか、健と康も喜んだ。

「なんであんたたちが喜ぶのよ」

摩耶が双子《ふたご》をにらんだ。

「そりゃあ、なあー」

健と康は顔を見合わせ、にやにやしている。

「亜子、本当にこいつらには気をつけなよ」

摩耶は亜子に耳打ちした。

ブブへ
マヤたちはすごい。

自分たちのしている事に信念と自信を持っている。

マヤの言葉には説得力があった。

彼女と話せてよかった、塾《じゅく》とライタのことが少しわかった気がした。
彼女が入ってもいいって言ってくれた時は本当に嬉《うれ》しかった！
カタログ作りは面白《おもしろ》そう。ライタが西中の教師カタログを作ったのなら、わたしは東中の教師カタログなら作れる自信がある。でも西中であんな事件が起こったのだから、東中でも起きるかもしれない。それでもやりたい。だって、危険があるほうが面白いんだもの。

アコ

アコへ
教師カタログの件は、危険を覚悟《かくご》でもやりたいなら、反対しない。
ライタには理想があるみたいだ。それがみんなをひきつけるにちがいない。
言わなくても、君はもうそう感じているだろう。

ブブ

5

小杉《こすぎ》ヒロミだけが、まだ会っていない。そのヒロミにやっと会える日がやってきた。

その日の午後五時に、井の頭池の、いつものベンチでヒロミを待つことになった。

亜子は時間には正確である。五時ぴったりに約束の場所にでかけた。

塾のみんなは、ヒロミがもと子役で活躍《かつやく》していたということしか教えてくれないので、亜子にはどんな子があらわれるのか、まったく見当がつかない。

黙《だま》ってベンチにすわっていれば、向こうから声をかけてくるということであった。ベンチには、三十歳くらいでサラリーマンらしい男が腰掛《こしか》けていた。

この時間だと、会社から帰るには早すぎる。それに首を落としている姿が気になった。リストラされて、家に帰るに帰れないといった感じである。

亜子は、男と離《はな》れてベンチの端《はし》に腰をおろした。

三分待ってもヒロミはあらわれない。このくらいの遅刻《ちこく》はしかたない。亜子は井の頭池の水面を泳ぐ水鳥を眺《なが》めていた。

もう一度時計を見ると五時五分を回っていた。ヒロミというのは時間にルーズなのだ。それがちょっと気にさわった。

しかし向こうは試験官なのだから腹を立てるわけにはいかない。がまん、がまんと自分に言い聞かせた。

そのとき突然横からうめき声が聞こえた。見るとベンチの男が体を二つ折りにして、苦しそうにうめいている。

その声はただごとではない。亜子はそばまで行って、

「どうしたんですか？　どこか体の具合でも悪いんですか？」

と顔をのぞきこんだ。

「毒」

男は胸を押《お》さえて聞こえるか聞こえない声で言った。

「毒？」

聞きかえしたとたん、頭の芯《しん》がしびれてきた。こういう現場に遭遇《そうぐう》したことのない亜子はパニックになった。

「毒を飲んだんですか？」

辛《かろ》うじて聞くと男がうなずいた。

「救急車を呼んできます」

ベンチから立ちあがろうとした亜子の腕《うで》を男がつかんだ。

「やめてほしい。ぼくは人を殺してきたんだ」

男は息も絶え絶えである。

「殺した？　だれを？」

「妻だ。妻はわたしを裏切って毒を飲ませた。だから殺したんだ」

男は泣き出した。

「早く病院に行きましょう。わたしがおんぶしてあげる」

「すまない」

男は背中を見せた亜子に負《お》ぶさった。思わずへたりこみそうになる重さだ。亜子は一歩ずつ前に進んだ。背中で男がうめいている。

十歩ほど歩いたとき、頭の上で、

「亜子、何してるんだ？」

と声がした。顔を上げると、康が目の前に立っていた。

「この人、いま死にそうなの。早く救急車を呼んで」

亜子は、それだけ言うのが精一杯だった。

「こいつが救急車だって？　そんなもの振《ふ》り落《お》とせ。そいつが小杉君だってこと、まだわかんないのか？」

康が噴《ふ》き出《だ》すのを、亜子は唖然《あぜん》として眺めていた。次の瞬間《しゅんかん》、男を振り落とそうと体をゆすった。しかし男は背中にしがみついて離《はな》れようとしない。

「おれは一生おまえの背中から降りないぞ」

「やめて！」

亜子は、急に恐怖《きょうふ》を感じた。

「いいかげんに止《や》めねえか」

康がどなると、男はやっと背中から降りた。

「ぼくが、小杉ヒロミだ」

男の差し出した手を、亜子は思いきりたたいてやった。

「君が神藤亜子か？」

ヒロミと向き合って、間近に顔を見ることになった。近くで見るほど中年男だ。

「本当に中学生？」

「信じないかもしれないけど、これでも中学生なんだ」

ヒロミの声が中学生に変わった。

「神藤、君はヒロミがどうしてこんな顔をしているか興味があるだろう？」

康が言った。

「聞きたい。教えて」

「亜子の言いたいことはわかる。どうしてこんなにおじさん顔なのかって言いたいんだろう？」

「そう。悪いけど、中学生なんてとても信じられないよ。年をごまかしてるんじゃない？」

「亜子がそう言うのは無理もない。ところが彼は、もと子役だったんだ」

「本当？」

亜子は、半信半疑でヒロミを見つめた。これで目をこらして見るのは二度目だが、やはり、どう見ても中学生の顔ではない。

「この顔でって思うだろう？」

「そりゃそうよ。悪いけど、とても子役の顔じゃないわ」

亜子は、中年男の悪いじょうだんに思えてしかたない。

「今はもうやっていない。あたりまえだけど」

ヒロミが乾《かわ》いた声で言った。

「小さいときは、それはかわいかったんだ。今からはとても想像はつかないくらい」

康の言いかたには実感がこもっている。

「やってたのはいつごろ？」

「五、六歳くらい。そのころは、テレビに出ずっぱりだった」

ヒロミが思い出したように言った。

「生意気でいやなガキだったらしいぜ」

康が言った。

「わかる、わかる」

亜子がうなずいた。

「小学校に入ったら、突然《とつぜん》老けだしちゃって、みんなから、おっちゃんと呼ばれるようになった。あの頃は、毎日鏡を見るのが怖《こわ》かった」

「わたしが、もしそうなったら、きっと死にたくなるわ」

「おれだって、何度死にたいと思ったかしれない」

ヒロミの声には、実感がこもっている。

「どうして、そんなことになったの？」

亜子が聞いた。

「あちこちの医者に行ったんだけど、原因はわからなかった」

「そうなったらお払《はら》い箱《ばこ》さ。しかたないけど」

康の表情が暗くなった。

「今は弟が出てる。おふくろは弟にかまいっきりで、おれはシカトさ。おかげでこっちは遊んでばかり」

「そのかわり、金はたっぷりくれるんだから文句ねえじゃんか」

康が言った。

「まあ、それはそうだけど、もう遊ぶのも飽《あ》きた」

「じゃ暇《ひま》つぶしに塾《じゅく》へ入ったわけ？」

亜子が聞いた。

「まあ、そういうわけ」

「でも、どうしてそんな人をいれて、わたしの場合はいろいろクレームつけるの？　おかしいじゃない」

「それはこういうことだ」

康は一息ついて、

「ヒロミには特技があるからさ」

「特技って何？」

「この顔さ。これは十分おとなとして通用する顔だ。これだけは、ほかのだれにもまねできねえ」

康にそう言われてみると、そうかと言うしかない。

「こんなことで役に立つなんて、ちょっと情《なさけ》ないけど」

ヒロミは、うかない顔で言った。

6

亜子は、校門を出るとき三好に呼びとめられた。

「これから塾か?」

「はい、そうです」

「塾のことわかったか?」

「まだあんまりわかりません」

亜子は、なんとなく三好に話したくなくなった。

「おれは調べたぞ。あの塾は名前だけで実体はない。つまり、おまえが行こうとしているところは塾ではない。どうだ?」

三好は、探るような目で亜子を見た。

「先生のおっしゃるとおりです。あそこは、勉強をするところではないということがわかりました」

三好は、どうして『悠遊塾』にこだわるのだろう? このこだわりかたはちょっと異常である。

「じゃ、遊びに行くのか？」

「まあそうです」

「そこに集まる連中は、うちの生徒か？」

「いいえ、うちの生徒はいません」

「生徒は何人いる？」

「十人です」

亜子は適当に答えておいた。

「何をやってるか知らんが、遊んでばかりいちゃだめだぞ」

三好は、皮肉ともつかず言うと、行ってしまった。

亜子が『悠遊塾』に顔を出すと、舜だけしかいなかった。

「ヒロミがオーケーしてくれたよ。残っているのは、雷太と舜君だけ」

「そうか。ちょっと君に話があるんだ」

いつもの舜とくらべると、少しこわばった態度だ。何があるのだろう？　亜子はちょっと気になった。

「亜子、話があるんだ。ちょっと来てくれないか」

舜は、これまで一度も入ったことのない奥《おく》の部屋《へや》に亜子をつれて行った。

入ってみるとそこは沢山《たくさん》の水槽《すいそう》とベッドが置いてあった。舜の部屋のようだ。

「亜子、さすがだ。よくやったよ」

舜がいきなりきりだした。

「えっ、でもまだ雷太に許しをもらってないよ」

「雷太はもともと君を認めている、そうでなければ彼がここに君をつれてきたりはしないよ」

雷太は難しいと思っていた亜子は、意外な気がした。

「じゃあ、あとは舜だけね。わたしここに入《はい》れるの？」

「雷太から君の話を聞いたときは驚《おどろ》いた」

舜は、亜子の問いには答えず話をつづけた。

「何のこと？」

「君は、ぼくがずっと前から知っていた子だったからさ」

亜子は、舜が何のことを言っているのかわからない。

「紹介《しょうかい》するよ。彼がブブさ」

と言って舜は水槽の中のカエルに手をかざした。

――チョウセンスズガエル!!

亜子はびっくりして舜に向き直った。頭が混乱して何がなんだかわからなくなった。

「ぼくのハンドルネームは、もともとそのカエルの名前からとったんだ」

「まさか、舜がブブってことじゃないよね？」

頭がすっかり混乱して、今目の前にある現実が架空《かくう》のもののような気がしてきた。

「うん、そうだよ」

舜は無表情なまま言った。

「だましたのね」

亜子は、逆上のあまり言葉をうしなった。

「そうかもしれない……」

「ああっ、もういいわかった！」

亜子は舜の言葉をさえぎった。

「こんなところ入れてくれなくて結構よ」

亜子はそう言うなり、塾を飛び出した。

いつも通る井の頭公園に入って行った。池の端《はた》のベンチに腰《こし》をおろした。いつものように、水鳥が水面をすべっている。

——ブブが舜だったなんて。そんなことあり？

最初会ったとき、気づかなかったのは仕方ないとして、そのあと舜の言葉のはしばしから、気づかなくてはいけなかったのだ。

迂闊《うかつ》だった。これではジャーナリスト失格だ。

最初は舜に対する怒《いか》りで頭に血が上った。その次は恥《は》ずかしさでどこかに身を隠《かく》してしまいたくなった。

そして今は、自己嫌悪《けんお》でこのベンチに頭をたたきつけてやりたい。

あの瞬間《しゅんかん》は、もう二度と舜の顔を見たくない、『悠遊塾』ともおさらばだ、と思っていたが、次第に興奮がおさまるにつれて、冷静さを失ったことを反省した。

まだ雷太のことも、『悠遊塾』のことも未知のままだ。これで放り出しては、今までやったことは全部むだになってしまう。

そこまで考えた亜子は、もう一度アタックしようと心に決めた。

アコへ
今日は君にショックをあたえてしまってごめん。君がおこるのはむりもないと思っている。
ライタから君を紹介されたときは本当に驚いた。

君が『悠遊塾』のことを調べていく過程で、『悠遊塾』に入りたいと思うようになったのは自然のなりゆきだと思う。

みんなも、君のような人がメンバーに加わってくれることに、反対する者がいなかったのは当然だと思う。

しかしぼくは、君が円卓《えんたく》のメンバーになることは反対だ。なぜなら、君は本来ジャーナリストだからだ。ジャーナリストは対象に興味を抱《いだ》くのは当然だけれどそれにとらわれてはならない。

そういえば、ぼくの言いたいことはわかると思う。君がジャーナリストならこれからも『悠遊塾』に関心を持ってほしい。

君のことだから、こんなこと言うまでもないことかもしれない。

これからも君のメールを待っている。

シュン

Ⅴ章　『天道会』

1

木内章雄《きうちあきお》が、自分は燃え尽き症候群《しょうこうぐん》かもしれないと思い出してから、もう半年たつ。木内は、千葉県のI市にある市立中学の教師になって六年になる。

気になった木内は、燃え尽き症候群（バーンアウト）について調べてみた。すると、思い当たることがいくつもある。

これは、今のうちに何とかしないと手おくれになって、最後は自殺か廃人《はいじん》だ。そう考えると、いても立ってもいられなくなった。

といって、どうしていいかわからない。思い悩《なや》みながら、破滅《はめつ》に向かって突《つ》き進《すす》んでいるのを自覚しているような毎日であった。

そうなった原因はいくつか思い当たる。まず考えられることは、正義感である。木内は子どものころから不正を容認することができなかった。間違《まちが》っていることは、どうしても許せないのだ。

そのために、何度仲間はずれにされたかしれない。その性格は、教師になったことでますます昂《こう》じ、今では職員室でも孤立《こりつ》してしまい、相談する教師はだれもいなくなった。

生徒たちのカンニングを見つけたときは、親を呼びつけて、徹底的《てっていてき》にしぼりあげ、ついには泣き出す親もいたほどだった。

木内にとって、それは親にとっても、子どもにとってもいいことだという信念があったから、ためらうことはなかった。

木内は、自分のクラスから不登校児が出ることは、教師として何よりも恥《はじ》だと思っていた。

だから学校に来なかったら、その子の家に行き、髪《かみ》をつかんででも学校に引っ張って来た。

そういう行為《こうい》は、けっして生徒のためにはならないと、教頭から注意されたことは一度や二度ではない。しかし木内はやめなかった。というより、やめられなかった。

木内にとって、休みはなかった。土曜も日曜も生徒と学校のことを考えていた。そうすることが木内の生きがいであった。そのことで疲《つか》れを覚えたことはまったくなかった。

それが最近、朝起きるのが辛《つら》くなった。こんなことは、かつてなかったことだ。それと同時に何もする気がしなくなった。いくら気持ちを奮い立たせようとしても、その気にならないのだ。

木内は焦《あせ》った。なんとかしなければと思えば思うほど、気持ちは滅入《めい》るばかりだった。最初のうちは、頑張《がんば》ろうと自分に鞭《むち》うった。それがだめだと悟《さと》ると死にたくなった。こういうとき、だれかに相談できたらいいのだが、木内にはそういう上司も友人もいなかった。

木内のことを「先生この頃《ごろ》おかしい」と生徒が言い出した。職員室でも、教師たちの木内を見る目が違ってきたのがわかった。燃え尽き症候群という言葉を知ったのは、その頃のことである。今までだれからも孤立していただけに、木内がそうなったからといって、言葉をかけてくる者はいなかった。

木内は学校に行くのが辛くなった。今はじめて不登校児の気持ちがわかった。彼らもきっと辛かったに違いない。

それを察してやれなかった自分を責めた。これまで自分のしていることは正しいと思っていたのは、とんだ思いあがりだったのだ。そう思うにつけ自己嫌悪《けんお》でこの世から消えてしまいたくなった。

ある日、校長室に呼ばれた。とうとう来たな。木内は覚悟《かくご》を決めて校長室に入った。

「そこへ腰《こし》かけたまえ」

校長の根本《ねもと》が、ソファーを指さした。木内は体を小さくして腰をおろした。とたんに、

「君しばらく休職したまえ」

だしぬけに言われた。

「は？」

木内は絶句した。何か言われるとは覚悟していたが、休職を言いわたされるとは考えていなかったので、目の前が暗くなった。

「やめろと言っているのではないから誤解しないように」

「しばらくというのは、どのくらいでしょうか？」

木内は、おそるおそる根本の顔を見た。

「半年だな」

「半年ですか？」

――それは長すぎる。

半年も休職していたら、戻《もど》っても席はなくなっているんじゃないか？　不安で膝頭《ひざがしら》がふるえてきた。

「半年治療《ちりょう》すれば、元どおりになって帰って来れるだろう」

根本の治療という言葉がひっかかった。

「私は病気ではありません」

木内は、強く否定した。

「わたしは君を観察していた。君は明らかにバーンアウト症候群だ」

「私は燃え尽きてはいません」

自分ではそうかもしれないとは思っていたが、根本にそう断定されることはショックだった。

「君がそう言いたい気持ちはわかる。しかし君はこのままの状態をつづけていたら間違いなく廃人になってしまう。わたしは、君のことを優れた教師だと思っている。その君をむざむざ廃人にしたくない。だから治療しろと言っているのだ」

根本の口調が熱っぽくなった。木内はその熱っぽさに心を揺《ゆ》さぶられた。

「私も廃人にはなりたくありません。元どおりになるためには、どんな治療すればいいのでしょうか？」

「わたしが施設《しせつ》を紹介《しょうかい》する。そこで治療すれば必ず治る。治ったら戻ってくるといい。君の席は確保しておくから心配するな」

「ありがとうございます」

木内は肩《かた》の力が抜《ぬ》けた。これまで、根本にさほど気に入られているとは思っていなかったが、ここまで考えていてくれたのかと思うと、感激で胸が熱くなった。

「校長先生のご期待にそうよう治療に専念します」

木内は、やっとトンネルから脱《ぬ》け出《で》たような気分になれた。

「その治療はいつからはじまるのですか?」

「二、三日したら君のところに連絡《れんらく》がある。それまで家で休んでいるといい」

「学校に出なくてもいいのですか?」

「これからは、そういうことは一切気にかけなくていい。そのほうが病気が早く治る」

根本の配慮《はいりよ》に木内は恐縮《きようしゆく》するばかりだった。

次の日、木内は学校を休んだ。それまで休んだことのない木内は、一人でアパートにいると、何をしたらいいかわからないので、身をもてあました。

それから三日して、明日の午前八時に東京駅の、『銀《ぎん》の鈴《すず》広場』に来るよう電話があった。そのときは身の回りのものは一切持ってくるなという指示であった。

いよいよ治療がはじまるのだ。そう思うと知らずに体が固くなった。

2

翌日、木内は指示された時間に、東京駅の『銀の鈴広場』に出かけた。そこまで行ってから、相手の容貌《ようぼう》も名前も知らないことに気づいた。

しかたないから、ぼんやり立っていると、

「木内先生ですか?」

と若い男から声をかけられた。

「そうですが」

木内が答えると、男は、

「ぼくのあとについて来てください」

と言って歩き出した。あとからついて行くと、男は新幹線の改札口を通りぬけ、『こだま』に乗りこんだ。

「どこへ行くんですか?」

木内は切符《きっぷ》を自動改札機に通したとき、行き先を見ていなかったことに気づいた。その切符は男に取り上げられてしまった。

「何も質問してはいけません」

男の口調が厳しくなった。

それから二時間、沈黙《ちんもく》の旅がつづいた。車内放送が浜松と報じたとき、

「降りましょう」

と男が席を立った。木内は男と一緒《いっしょ》に改札口を出ると、駅前で待っていた乗用車に乗った。

これからどこへ行くのか気になったが、聞くわけにもいかないので黙《だま》っていた。

車は市街地をぬけて、田園地帯に出た。初冬なのでそこに緑はない。寒々とした一望の枯《か》れ野《の》をしばらく走ると、山道にさしかかった。

「ここはみかん山で、もう少し前までは山全体がオレンジ色に輝《かがや》いていました」

運転している男が言った。

「それを見たかったですね」

木内は思わず口にだして言った。車はみかん山を登りはじめた。ヘアピンカーブを繰《く》りかえしながら次第に上がって行く。木の隙間《すきま》から陽光に輝く湖面が見えた。

山は大して高くないので、すぐに頂上に出た。そこに、目を奪《うば》われるような三階建ての壮大《そうだい》な建物があらわれた。

3メートル以上もある自然石の門の前で車が停《と》まった。そこから建物まで30メートルく

らいあり、白い玉砂利が敷《し》き詰《つ》めてあった。

「これはケア付きの老人マンションだったのですが、つぶれてしまい、われわれが買い取りました」

運転の男が言った。車から降りて石の門の前に立つと、そこには『天道会』と達筆な文字で彫《ほ》ってあった。

門から建物までの砂利道は、きれいに掃《は》き清《きよ》められていて、塵《ちり》ひとつない。広い玄関《げんかん》には御影石《みかげいし》が敷き詰めてあり、頭をまるめ灰色の作務衣《さむえ》を着た男が立っていて、

「どうぞ」

と言った。靴《くつ》を脱《ぬ》いでそのあとにつづく。暖房《だんぼう》がないので廊下《ろうか》は風が吹《ふ》き抜《ぬ》けて、思わず首をちぢめたくなる。

人影《ひとかげ》のない廊下をしばらく歩く。やがて105号室とドアに書かれた部屋《へや》の前に出た。ドアを開けて、部屋に案内された。八畳ほどの洋間で二段ベッドが二つ置いてある。ここにも人はいない。四人部屋だなと思った。

「ここで作務衣に着替《きか》えて、今まで身につけていた私服は、そこのロッカーに入れてください。ここをでるまで私服に触《ふ》れてはいけません」

木内は言われるまま着替えをすることにした。

「あとで頭をまるめてもらいます」

「え？　坊主《ぼうず》になるんですか？」

木内は聞きかえした。

「そうです。それではじめて、娑婆《しゃば》と縁《えん》が切れるのです」

木内は急に不安になってきた。

これは、とんでもないところにやって来たのかもしれない。

「申し上げておきますが、ここでの研修期間は六ヶ月。その間どこにも連絡してはいけません。いくら苦しくても途中《とちゅう》で放棄《ほうき》することは許されません」

それは、逃《に》げられないということなのだ。つまり軟禁《なんきん》ということだ。

「ショックですか？」

男が聞いた。

「はい、ショックです」

木内は正直に答えた。

「そうでしょう。わたしもそうでした。しかし一ヶ月過ぎればきっと充実感《じゅうじつかん》を覚えるようになります」

男の声は確信にあふれている。

「そうなるでしょうか？　わたしは自信がありません」

「大丈夫《だいじょうぶ》。あなたは別の人間に生まれ変わります。そうなったら世の中がばら色になります。頑張《がんば》ってください」

木内は一人部屋に取り残された。窓から下をのぞくと東名高速道路が見えた。その向こうは浜名湖で、遠くに橋が霞《かす》んでいる。

あの橋の向こうは太平洋のはずだ。建物の中も外も物音ひとつしない。ここに、はたして人はいるのだろうか。

これからどんなことを課されるのか、まったく見当もつかない。逃げ出したくなるというのだから、かなりきつそうな予感がする。

景色《けしき》を眺《なが》めているうちに、一時間は経《た》ったと思うころ、廊下に足音が聞こえ、男が三人部屋に入ってきた。

木内が自己紹介《しょうかい》すると、男たちも次々と自己紹介をはじめた。一番背の高い男が、

「奈良《なら》県の守田《もりた》です。ここへ来て二ヶ月になります」

と言った。つづいて、

「山形県の浅利《あさり》です。ここへ来て三ヶ月になります」

とがりがりに痩《や》せた男が言った。最後に、

「三重県の平井《ひらい》です。私はあと一ヶ月でここを出ます」

と度の強い眼《め》がね越《ご》しに鋭《するど》い眼を木内に向けた。

「木内さん、ここがどういうところか知って来たんですか？」

浅利が聞いた。

「わたしは落ちこぼれ教師です。その治療《ちりよう》をしていただけるというのでまいりました」

木内が答えると、

「校長は、それしか言わなかったのですか？」

「ええ、とにかく治療して来いと言われて来ました」

「ここの治療は、はんぱではありませんよ。ふつうの病院だと思ったら大違《おおちが》いです」

浅利は、木内の顔をのぞきこむようにして言った。

「どういうふうに違うんですか？」

木内は急に不安になってきた。

「それは、体験してみないとわかりませんが、最初の一週間はきついですよ。完全にぼろぼろになります」

「ぼろぼろって、どういうことですか？」

木内は、平井の眼がねを見た。

「心身ともにです。たった一週間ですが、その間に全く別の人格に改造されるのです」

「ちょっと信じられませんね」

そんなことがあるのだろうか？　木内は、自分はそうはならないと思った。

「人間って意外にもろいものです。自分でも不思議に思うほどです」

平井の言葉に、守田と浅利がうなずいた。

「改造されて抵抗《ていこう》はありませんでしたか？」

木内がきいた。

「抵抗どころか、これまで、なんてつまらないことで悩《なや》んでいたかと思うと、自分がばかばかしくなりますよ」

平井が言うと、浅利が、

「新しい人間に生まれ変わるのです。私もあなたと同じように、暴れる生徒をもてあまして、自分のほうが鬱病《うつびょう》になってしまったのです。そのときは何度自殺しようと思ったかしれません」

木内は、そのときの浅利の苦しみが手にとるようにわかった。

「それがここに来て十日もたったころから、うそみたいに消えてしまったのです。それはまるでマジックでした」

浅利が言うと、平井が大きくうなずいた。

「平井先生はこれからどうなさるおつもりですか？」

「今は早く学校に戻《もど》りたいです。わたしは元のわたしではありません。しかし生徒は、昔のわたしだとなめてかかるでしょう。そのとき、わたしの変身を見てどう反応するか。それが楽しみです」

平井は目を輝《かがや》かせた。

「わたしも、なんだか元気が出てきました」

木内の不安が少しずつ溶《と》けはじめた。

「大丈夫です。きっと自分でも見違えるようになりますよ」

平井は、木内の肩《かた》を強くたたいた。

翌朝五時に起床《きしょう》した。まだ外は真っ暗で、はだしの足が冷たくて痛い。草履《ぞうり》を履《は》いて表に出た。

朝一番の作業は、庭と建物の内外の掃除《そうじ》である。

木内は、そのときはじめて、この施設《しせつ》には数十人の人がいることがわかった。みんな灰色の作務衣《さむえ》を着ている。

それらが、まるで影のように黙々《もくもく》と動いている姿は、異様な光景だった。作業が終わるころには凍《こご》えきった手足は感覚を失っていた。それから百畳《じょう》もあろうかとおもわれる大広間に集められた。

そこで正座して待っていると、紺《こん》色の作務衣を着た男が入って来たとたん、全員のあいだに緊張《きんちょう》が走った。

「おはようございます」

と大声で言って頭を下げた。男はひげを伸《の》ばしているので、年齢《ねんれい》の見当はつかないが、体はがっちりして背も高く、見ただけで威圧《いあつ》される雰囲気《ふんいき》を持っている。

「今日は五人の新会員を迎《むか》えることになった。私が天川南州《あまかわなんしゅう》だ。新会員は順番に一人ずつ名前と出身地を言うよう」

「木内章雄、千葉県から参りました」

木内が最初に言うと、隣《となり》の男が、

「新潟《にいがた》県から来た野島浩《のじまひろし》です」

と言った。つづいて、

「坂下一郎《さかしたいちろう》、島根県から参りました」

「古谷健二《ふるやけんじ》、埼玉《さいたま》県から来ました」

「安藤真介《あんどうしんすけ》、大阪から参りました」

と三人がつづけた。

「よろしい。ではこれから六ヶ月間、死んだつもりで頑張《がんば》れ。覚悟《かくご》はできているか？」

「はい、できております」

前もって注意されていたので、五人は力いっぱい大声を出した。

「よろしい。では天道会の由来を説明する。天道という言葉は、西郷南洲《さいごうなんしゅう》先生の『西郷南洲遺訓』の冒頭《ぼうとう》にある、一　廟堂《びょうどう》に立ちて大政を為《な》すは天道を行ふものなれば、些《いささか》とも私を挟《はさ》みては済まぬもの也《なり》、からいただいたものである。天とは西洋でいうところのゴッド、つまり神とは違《ちが》う」

天川の話はそれから一時間以上もつづいた。正座しているので足がしびれて感覚がなくなってきた。

これは木内だけではなく、左右をみまわしても足をもぞもぞと動かしている。

そうなると話の内容は頭に入ってこないが、これだけは印象に残った。

ここに集まったのは、教育現場から脱落《だつらく》した者ばかりである。

学級崩壊《ほうかい》、教員間のいじめなどによりノイローゼになって自殺をはかったものなど、心の病いに冒《おか》されていない者はいない。なぜ病気になったのか？　それは君たちが純粋《じゅんすい》だからであって、決してひ弱だからではないということを自分にたたきこむことからはじめなくてはならない。

そう言われたときは、全員が何度もうなずいた。なかには涙《なみだ》を流す者もいた。

それは戦後の教育制度が間違《まちが》っていたからだ。そのためにおとなも子どももだめにして

しまった。このままで行けば、日本は滅《ほろ》びてしまうことは間違いない。

ではどうすればいいか？　それにはまず君たち自身を真の日本人に改造することだ。し

かるのちに、今度は君たちが母校に戻《もど》り、迷える子羊《こひつじ》どもを改造するのだ。

木内は、ここが何をするところか、やっとわかってきた。

ここで新しい自分に生まれかわるのだ。そう決意した。

3

その翌日、教室を出ようとした亜子を、

「ちょっと待て」

と三好が呼びとめた。

「なんですかぁ？」

亜子は全身でうるさいなという表現をした。

「昨日の夜、おれの家に電話があった。おまえの父親か？」

「どんな電話か知りませんが、うちの父は先生に電話なんかしません」

「どうしてそんなことがわかる？」

「父は学校のことなんかに興味がないからです。どんな電話だったんですか？」

「中年の男の声で、おまえが神藤にしていることはセクハラだって言った。これはどういうことだ。おまえがだれかにたのんで言わせたのか？」

三好の言葉を聞いたとたん、電話したのはヒロミに違《ちが》いないと直感した。三好ってやつがうるさくてしょうがないと言ったとき、電話番号を教えろといわれて教えたからだ。

亜子は、噴《ふ》き出《だ》しそうになるのを必死にこらえた。

「わたしはだれにもたのんでません」

「そうか。しかし感じ悪いぞ」

「先生怒ってるんですか？」

「当たりまえだ。怒《いか》り心頭だ」

三好が不機嫌《ふきげん》なのが面白《おもしろ》くて、ついに笑いががまんできなくなってしまった。

「今から『悠遊塾《ゆうゆうじゆく》』へ行くのか？」

「はい」

亜子はつい声がはずんでしまった。

「行きたければ行け。ところで秋葉は来るか?」

「いいえ、来ません」

「学校も休んでいるらしい。わかったら教えてくれ」

「わかりました」

亜子は、三好と別れて、校門を出ると早足になった。

塾へ行けば舜と会うことになる。平静でいられるだろうか?

それが気になったが、そんなことにかかわっているのは亜子らしくない。

そう自分に言い聞かせて、塾を訪れた。

塾へ行くと、雷太、舜、健、康、摩耶、ヒロミの六人が円卓《えんたく》を囲んでいた。

「三好が捜《さが》してたよ」

亜子は、円卓にすわっている雷太に言った。

「そうか」

雷太はまるで関心がなさそうな顔をしている。

「変な男から電話があったって言ったろう?」

ヒロミがにやにやしながら言った。

「言ったよ。わたしのおやじとまちがえてた」

とたんに教室中が爆笑《ばくしょう》になった。

「三好に電話しろと言ったのはおれだ」

雷太が言った。

「どうして？」

「あいつをちょっと、ゆさぶってみたかったんだ。今ごろ誰《だれ》が、何のために電話してきたのか、考えこんでいるだろう」

「よっぽど三好が嫌《きら》いなんだね」

「おれの勘《かん》さ。あいつにはいつも敵だという警戒《けいかい》信号がついているんだ」

「でも、うちのクラスでは評判いいよ。話がわかるって」

「三好の話は止めよう」

亜子はもう少し言いたかったが、雷太の表情がいつもと違《ちが》うので止めることにした。

「高橋が手打ちをしたいと言ってきた」

雷太は、突然話題を変えた。

「手打ちって何？　手打ちうどんのこと？」

摩耶が聞いたとたん、康が噴き出した。

「手打ちってのは、仲直りのことさ」

健が言った。

「そうなの。わたしも知らなかった」

亜子が言うと、

「二人ともお嬢《じょう》さんだぜ」

健が呆《あき》れている。

「手打ちの場所はどこだ？」

康が聞いた。

「場所は言わないからわからない。それより、手打ちしろと言ったのは誰だと思う？」

雷太は、康を見た。

「わかんねえ」

「三好だよ」

「三好がどうして？」

亜子は、思わず聞き返した。

「いつまでも雷太とけんかしてないで、仲良くしろと高橋に言ったんだそうだ。高橋は先生がそういうならお任せしますと答えて、今夜会うことになったわけさ」

「それ怪《あや》しい。行かないほうがいいという気がする」

康は、強い調子で言ったが、雷太は何も言わない。

「そこで何時だ？」

「午後十時だ」

雷太が言った。

「なんでそんなに遅《おそ》いの？　おかしいよ」

摩耶は表情を曇《くも》らせた。

「そいつは罠《わな》かもしれん。おれたちがついて行く」

健が言うと、康が「そうしよう」とうなずいた。

「差しで話がしたいと言ってるから、一人で行く」

「高橋をそんなに信用していいの？」

亜子は、いやな予感がしてきた。

「向こうが、おれを信じてくれと言ってるんだから、信じようと思う」

「それは甘《あま》いわ。一人で行くのはヤバイよ」

亜子は一人で行くのに反対した。

「今後のためやつらとは話し合っておく必要がある」

雷太がそう言ったからには、説得は無理だと亜子は思った。

「そこまで言うなら、雷太に任せようよ」

摩耶は、思ったより諦《あきら》めがいい。

電話がかかってきた。雷太が受話器を取って二、三話して受話器を置いた。

「教授からだ。面白《おもしろ》い話があるそうだから、これから行こう」

雷太は、そう言うと立ちあがった。みんなも、それにつられて立ちあがると塾をあとにした。

七人も行くのでは、教授もたいへんだろうということで、晴子が車椅子《くるまいす》を押《お》して一緒《いっしょ》に行くことになった。

4

八人もやって来たので、西条はすっかりご機嫌《きげん》になった。西条と並んで三十過ぎに見える男性がソファーに腰掛《こしか》けている。

「わたしの教え子の京谷《きょうや》君だ。前はM新聞の記者だったが、今はフリーのジャーナリストとして活躍《かつやく》している」

西条の京谷を見る目が、子どもを見るように優しい。きっと、お気に入りに違いない。

ジャーナリストと聞いて、亜子の神経がはりつめた。

「あたりまえですけど、教授って教え子がたくさんいていいですね」

摩耶はまるで自分のおじいさんみたいに気楽に話しかける。

「これがわたしの財産だ」

西条は、いかにも誇《ほこ》らしげである。

「日本一ですか？」

亜子が言うと、京谷が、

「日本一なら、一匹狼《いっぴきおおかみ》じゃないよ」

と、てれた。

「教授はビスケットでも日本一でないと食べないんです。だから京谷さんも日本一かと思ったんです」

「亜子の言うとおり、彼は日本一のジャーナリストだ。だから一匹狼なのだ」

「なぜ一匹狼なんですか？」

亜子が開いた。

「囊中《のうちゅう》の錐《きり》だからだ。袋の中の錐は、外へ出てしまうだろう。それと同じで組織にはなじまないんだ」

「それは先生、言い過ぎですよ」

京谷は、いっそうてれた。

「いいえ、わかります」

「亜子って、日本一のジャーナリストになるのが夢《ゆめ》なんです」

と摩耶が言った。

「彼女は、獲物《えもの》を見つけたら、どこまでも追いかける猟犬《りょうけん》みたいな本能を持っている。これはいい素質だとわたしは思っている」

西条にこんなことを言われて、亜子は体がぞくぞくしてきた。

「それはジャーナリストの必須《ひっす》条件です」

京谷が真顔で言った。

「それは置いといて、お話を聞かせてください」

「彼がこれから話すことは、君らにとっては聞き捨てならないはずだ」

西条は、思い入れたっぷりに言った。

「教授がまた脅《おど》かす」

摩耶が、亜子を見て言った。

「これは、ぼくの大学時代のクラスメイト、つまり先生の教え子で、中学の教師をしている三木《みき》という者に聞いた話です」

西条は、晴子の淹《い》れた紅茶をいかにもうまそうに飲んだ。

「現在日本では、精神的なダメージを受けて、病気になっている教師がかなりの数います」

京谷が言った。

「ノイローゼになって学校やめた先生なら、わたしたちの学校にもいます」

摩耶がすぐ反応した。

「そういう教師を再生する施設《しせつ》というか、道場があるのです。名前は『天道会』といいます。しかし、そのことを知っているのは、ごくわずかの人です」

「ということは、秘密にしているということですか？」

舜が聞いた。

「そうです」

京谷がうなずいた。

「どうして秘密なんですか？　知られてはまずいことでもあるんですか？」

亜子は、秘密と聞いたとたん、胸がわくわくしてきた。

「あるから隠《かく》しているんだろう」

雷太は、またばかな質問をするといった顔をしている。

——こいつ。

「病院ではないんですか？」

摩耶が聞いた。

「病院ではない。いってみれば、宗教団体みたいなものです」

「マインドコントロールで治すんですね？」

舜が念を押《お》した。

「飲まず食わずで過酷《かこく》な修行をさせるところは、はやりのカルト教団に似ています。人間は極限まで肉体を痛めつけられると、正常な判断力は消え失せて、指導者の言うままになる。そこを利用するんです」

「そこではどんなカリキュラムがあるんですか？」

舜が聞いた。

「まず、病気になったのは、自分が悪いのではないということを徹底的《てっていてき》に叩《たた》きこむ。大体病気になるような教師は、まじめな人が多いから、うまくいかないと、みんな自分のせいにしてしまう」

「かわいそう」

　亜子はつい言ってしまった。

「まあ、一種の集団催眠《さいみん》みたいなもので、それを何度もくりかえすことによって、正しいのは自分で、誤っているのは生徒だと思わせる。そして次には、そういう生徒は正しい方向に導かなければならないと信じるようになる」

「それで病気が治っちゃうの」

　健が言った。

「そうらしい」

「ちょっとヤバイよ。それは」

　康が言った。

「そこに全国から心の病んだ教師を集めて、六ヶ月間徹底的にしごく。すると、まったく別の人間に生まれ変わるのだそうだ」

「だけど、秘密なんだからどうやって入るんですか？」

　亜子が聞いた。

「校長の推薦《すいせん》がなければ入れない」

「それって怪《あや》しいな」

「問題はそこなんだ。そこへ入るには、校長の気に入る教師でなければならない」

「そんなのおかしいよ。どうして？」

摩耶は正義感が強いので、こういう話になると、顔を真っ赤にして抗議《こうぎ》する。

「ここは、治療《ちりよう》するだけでなく、理想的教師に人間改造をする施設だから、それにふさわしい素質を持った人間でなくてはならないのです」

「どんな人間が理想的な教師なんですか？」

舜は、こういう話になると目つきが変わる。

「現在の日本の教育は間違《まちが》っている。それを変えるのは自分だという強烈《きようれつ》な使命感を持つようにならなければならない。それがないような教師は認めないといっている」

「それは、おれたちの考えと一緒《いつしよ》だぜ」

雷太が舜の顔を見た。

「子どもたちに正しい教育を施《ほどこ》さなければ、日本の将来は真っ暗だ」

「そのとおり。おれたちもそう思っている」

「ところがその方法論が、君たちと正反対なのだ」

西条が言った。

「どういうふうに違うんですか？」

亜子は京谷の顔を見た。一見すると、鼻が高くて外人ぽい。もしかしたらハーフかもしれないと思った。

「戦後の日本の教育は誤っていた。それが学級崩壊《ほうかい》や不登校児を出す原因なのだ。彼らの理想は昔の二宮金次郎《にのみやきんじろう》なのだ。親には孝行、兄弟仲良く、そして人のため国のために尽《つ》くす。そういう子どもにするには、昔のような教育をする教師の養成からはじめなくてはならない」

京谷の言うことを聞いていると、京谷自身が、そう信じているのではないか、と誤解しそうになる。

「使命感というのが問題だな。昔日本では、お国のためというスローガンをかかげて、国民を一定の方向に引っ張って行った連中がいる。彼らには忠君愛国という使命感があった。そして若者は戦争に行き死んだ」

西条は、窓の外の雑木林に視線を向けていた。

「じゃ聞くけど、おとなたちは親に孝行して、国のため人のために働いていると胸を張って言えるってのか？」

雷太が言うと、健が口をとがらせて、

「なんで政治家や高級官僚《かんりょう》が悪いことしてるんだ？　彼らは、そういう勉強をしたんじゃなかったのか？　それとも、おとなになったら、もうそんなことはしなくていいっててのか?」

と言った。

「そういうことには触《ふ》れない。要するに日本人を悪くしたのは戦後の自由主義教育のせいだ。だから国を愛し、親を愛するような教育に変えなければならない。そのための戦士を養成するのが、『天道会』の目的なのだ」

京谷は、二人の剣幕《けんまく》にたじたじとなりながら言った。

「『天道会』って、いつごろからあるんですか?」

舜が聞いた。

「少なくても、五年以上は経《た》っているらしい」

「そんなものがあること教授は知っていましたか?」

舜が聞いた。

「いや聞いてない。はじめて知った」

「ということは、『天道会』の存在を世間には秘密にしておいたのですね?」

雷太が念を押した。

「そういうことだ」

「秘密にしたということは心にやましいことを企《たくら》んでいるからでしょう。それが許せない」

　摩耶が、頬《ほお》を紅潮させて言った。

「そこで、何人くらいの教師が洗脳されたんですか？」

　舜が聞いた。

「何人かはわからないけれど、かなりの数の教師がマインドコントロールされてもとの学校に戻《もど》ったはずだ。もちろん別の学校に行った者もいるだろう」

「それって怖《こわ》い。うちの学校にもいるんじゃない？」

　摩耶は雷太の顔を見た。

「いる。というよりいた」

　京谷は、淡々《たんたん》としている。

「だれ？」

　摩耶の大きい目がいっそう見開かれて大きくなった。

「三木が教えてくれたんだ。その教師の名前は奥野だ」

　そのとたん、みんなの中からうめきにも似た声が上がった。

「それじゃ、市原を殺したのは奥野か？」

　康が大きい声を出した。

「限りなく黒に近い灰色だが、奥野がやったと断定する証拠《しょうこ》はない」

「奥野は逃《に》げたんですか？」

摩耶が聞いた。

「逃げてはいない。疑われているわけではないのだから。彼が姿をかくしたのは、それなりの理由があるはずだ」

――よし、わたしがその秘密を見つけてやるぞ。

亜子は、ひそかに決意をした。

「『天道会』で洗脳された教師たちは、子どもを、昔の日本人みたいにしようとしているんですか？」

「彼らにとっては、戦前の教育が理想なんです」

「いやな感じ」

摩耶は考え込んでしまった。

「そういう教師は一人や二人じゃないんでしょう。どうしてばれなかったのかな？」

亜子はそれが不可解だ。

「秘密が洩《も》れないように、きびしく管理しているんです。それに、校長が病んだ教師に対して、施設に行って療養《りょうよう》をしろ、そのかわり治ってもそのことを口外しないことが君のためだと言えば、だれだって口を閉ざすでしょうから」

「京谷さん、このこと、どこかの媒体《ばいたい》に発表しましたか？」

　亜子が聞いた。

「まだ発表していません。というより発表できないんです」

　京谷の表情が苦渋《くじゅう》に満ちて見えた。

「どうして？」

「うちには合わないから、よそにもって行ってほしいとかたづけられてしまうのです」

「それって、もしかして圧力ですか？」

「そう解釈《かいしゃく》するしかない」

　京谷は、黙《だま》りこんでしまった。

「すごい話を聞いちゃった」

　亜子は思わずため息が出た。

　京谷の話は、それから一時間以上もつづいたが、はじめて聞く事実の重さに圧倒《あっとう》されて、口を挿《はさ》む余裕《よゆう》もなかった。

5

京谷の話を聞いたあと、雷太は、ふたたび『悠遊塾』にもどって、円卓《えんたく》会議を開こうと言い出した。

亜子が同席させてくれと頼《たの》むと、

「新聞屋はだめだ」

雷太は、けんもほろろな声で言った。

「どうして？　信用できないの？」

「そのとおりだ」

「わたしは、塾で見たり聞いたりしたことを絶対口外しないから、同席させて」

亜子は、雷太に手を合わせた。

「彼女は信じてもいい。おれが責任を持つ」

舜がぽつりと言った。すると、

「舜がいいというなら、おれは反対しない」

雷太は、それ以上何も言わなかった。

塾へ戻ると、七人で円卓を囲んだ。

「さっきの京谷さんの話、ショックだったぜ」

健が最初に口を切った。

「西中に『天道会』がいたなんて。しかもそいつは奥野だったなんて」

摩耶は、肩《かた》で大きく息をした。

「『天道会』から帰って来た奥野は、何かしなくてはならなかった。そこで標的に選んだのが市原先生だった、ということか？」

康が言った。

「市原先生は、『天道会』にとっては天敵だったんだ。だからどうしてもつぶさなくてはならなかった」

「そのために教師カタログを利用したのね？」

亜子が言ったとたん、摩耶が目を吊《つ》り上《あ》げて叫《さけ》んだ。

「許せない。わたしたちは、そんなことのためにあのカタログを作ったんじゃないわ」

「あれは、おれの失敗だった」

「何が失敗だったの？」

亜子は、雷太の顔を見た。

「おれたちが考えたのは、情報を武器にして戦うことだった。そのために教師カタログを作ったんだ」

「わかる、わかる。それって、すごい武器になったじゃない？　あのアイディアには感心した。正直なところ、やられたって思ったわ」

　亜子は、自分の気持ちを素直に言えた。

「ところが、それが誤算だった。情報というものは、自分だけで独占《どくせん》はできないってことがわかったんだ」

「それどういうこと？」

「やつらは教師カタログを手に入れると、そこにある教師のスキャンダルを逆に利用して邪魔《じゃま》な教師を排除《はいじょ》する武器に使ったんだ」

「どんなふうに利用したの？」

「市原先生の不倫《ふりん》。これはタレコミだった。おれはぱっくり食いついて先生に確認を取った。そしてそれが事実だとわかったから、カタログに載《の》せたんだ」

「そのやりかたは正しいと思う」

　亜子は、雷太がちゃんと手続きを踏《ふ》んで作ったのに感心した。内心では、もう少しいいかげんだと思っていた。

「やつらの目的はこうだったんだ。おれたちが教師カタログを作っていることを知って、食いつきそうな情報を流した。それが市原の不倫だ。そうすればその情報はカタログに載り、市原を失墜《しっつい》させることができる」

亜子は、思わずうなった。

「それだけじゃない。それをスキャンダルを脅迫《きょうはく》の道具に使ったんだ。われわれの言うことを聞かなければ公開するって。そう言われれば言うことを聞くさ」

「おとなの世界ってすごい。そこまでやるの？」

「おれたちは、おとなを甘《あま》く見すぎていた」

「そのとおりだ。おとなと戦うのは、簡単なことではないということがわかっただけでも、いい学習ができたじゃないか」

舜の言うことに、みんなうなずいた。

「今度は別の方法を考えるぞ」

雷太の表情は、意外に明るい。

「すると、雷太が少年Aだとうわさを流したのはだれだ？」

康が聞いた。

「奥野しかいない。市原先生の自殺を自然に見せかけるための偽装《ぎそう》工作だ」

舜が言うと、すかさず康が、

「ということは、他殺だったってわけだ」

と舌なめずりした。

「でも、この犯人を見つけるのは容易なことではないと思う」

摩耶の声は深刻だ。

「奥野ってのは、生きてるのか、死んでるのかどっちなんだ?」

ヒロミが言った。

「さっきの京谷さんの話を聞いて、奥野は、『天道会』の指令で西中の教育改革をやる工作員だったということがわかった。ということは、『天道会』がかくまっていると見るべきじゃないか?」

舜の言い方はゆっくりしている。考えながら言うからだろう。

「次は何をやらせるつもりかな?」

康が言うと健が、

「おれは、次の標的は、雷太だと思う」

と言った。

「ええっ、そんな……」

摩耶が絶句した。

「それは大丈夫《だいじょうぶ》だ」

雷太はいつもと変わらない表情をしている。

亜子のケータイが鳴った。亜子は席を立って部屋《へや》の外に出た。タレコミ屋の恭助からだった。

「今夜雷太は、高橋と会う約束してるだろう?」

「会うって言ってた。手打ちするんだって」

「なんで手打ちするかというと、二人は決闘《けっとう》するといううわさが流れているからなんだ」

「わたしは、そんなうわさは知らないよ」

「それは三好が流してるんだ。ということは三好のでっちあげさ」

「なんでそんなことをするの?」

「怪《あや》しいだろう? だから、そこへ行くのはやめさせろ。行ったらヤバイ」

「なんでそんなことがわかったの?」

「ここ数日三好をつけてたんだ。あいつは真夜中に学校に行く。これは、何か企《たく》んでいると見た」

「雷太に行くなと言っても、言うこと聞かないよ」

「聞かせるんだ。雷太に何かあってもいいのか?」

恭助の情報は確かだと、亜子は直感した。

「いいわ、言ってみる」

「これは確実な情報だ。絶対行かせるな。三好を信じるな。このことは、高橋にも言うつもりだ」

恭助は、高橋のケータイの番号を言うと切った。亜子は、部屋に戻《もど》った。みんな話に夢《む》中《ちゅう》で、亜子が戻って来たことにも気づかない。

「ちょっと聞いて」

亜子が大声を出すと、やっと静かになった。

「今わたしのタレコミ屋から情報が入ったわ。今夜高橋と会うのは中止してください」

亜子は、雷太を真直《まっす》ぐ見て言った。雷太は、目を閉じたまま何も言わない。

「聞いてるの？」

「聞いてる」

「じゃ、なにか言いなさいよ」

「なんて言ってきたんだ？」

雷太は、低い声で言った。

「この話の裏には、三好がかんでる」

　亜子は知らずに声が沈《しず》んだ。

「今夜、二人一緒《いっしょ》に始末する罠《わな》だって。高橋のケータイの番号聞いたわ。どうしても会いたいなら、こちらから場所を指定しろって」

「わかった」

　雷太は、亜子が書いたメモを見て、

「ケータイ貸してくれ？」

　と亜子に言った。亜子がケータイを差し出すと、雷太は番号をプッシュした。

「秋葉雷太だ。今夜おまえと会うのはやめた。会うと二人ともはめられるらしいぜ。……どうしても会いたいなら、おれが場所と時間を言う。……わかった。そうしよう」

　雷太は、ケータイを亜子に戻した。

「どうだった？」

　亜子は、話の内容が気になった。

「三好は、おれと高橋を学校で手打ちさせるつもりらしい」

「なんで学校なの？」

「知らない。そんなことより、おれと高橋は、決闘するほど険悪な関係じゃない。三好がなぜ、そんなうわさを流して、頼《たの》みもしない仲介《ちゅうかい》をやろうとするのかおかしい。しかし高橋はまだ三好を信用してるみたいだ」

「それでどうするの？」

「おれの指定する場所でいいと言った」

「どうしても会いたいんだな」

舜の目が光った。

「二人は一緒になっちゃヤバイ。話したかったらケータイでやればいいって」

「亜子の言うとおりだと思う」

舜は、めずらしく真剣な顔をしている。

「どこで会うかはまだ考えていない」

雷太が、亜子の言うことを素直に聞いたのは意外だった。


「わたしだ。今夜の件はどうなっている？」

「計画どおりです」

「証拠《しょうこ》を残さないようMに言っておけ」

「十分説明しました。どじはやりません」

「Mのことだから、大丈夫《だいじょうぶ》だと先生には申し上げておいた。先生の期待を裏切らないでくれ」

「わかりました。必ずご期待に添《そ》います」

「二人の処置はどうするつもりだ?」

「二人は現場にいあわせたのですから、当然容疑者です」

「現場で発見されるのはMです。そこで終わりです」

「統合のほうはどうなっておる?」

「順調に進んでいます。問題はありません」

「このプランは少し荒《あら》っぽすぎはしないか?」

「ご心配なく。今を逃《のが》したらチャンスを失します。ここで躊躇《ちゅうちょ》したら、必ず悔いを残します。先生にご迷惑《めいわく》はおかけしませんから私にお任せください」

「では、わたしは次の準備に取りかかっていいな?」

「どうぞ、おはじめください」

6

その夜亜子は家に帰ってからも、ずっと雷太のことを考えていた。

雷太は、高橋と会うだろうか?

雷太は何も言わないので、会ったか会わなかったかもわからない。

亜子は突然閃《とつぜんひらめ》いた。こんなことを考えてたって意味がない。

雷太のあとをつければいいのだ。そうすれば、すぐわかるではないか。

思い立ったら、すぐに実行するのが亜子である。九時をまわると家を出た。雷太の家までは十五分ほどで行ける。

幸いなことに今夜は月明かりである。夜道はさほど怖《こわ》くない。

雷太の家に着くと九時半だった。まだ家にいるかどうか確認のために、ケータイで電話してみた。

「もしもし」と言う雷太の低い声が聞こえた。

「亜子、まだ家にいるの？」

「あたりまえじゃないか」

そう言われればそのとおりだ。亜子は思わず苦笑してしまった。

「今夜どうしても行くの？」

「行く」

ぶっきらぼうな声だ。

「そう、じゃ気をつけて」

亜子は余計なことは言わずに電話を切った。

それから十分ほどして、雷太が家から出て来た。亜子はそっとあとをつけた。

雷太は全然気づいていないようだ。早足で歩いて行く。人通りはなくなったので、うしろを振《ふ》り向《む》いたらすぐ気づかれてしまう。しかし、雷太は真直ぐ前を見て歩きつづける。

どこへ行くのだろうと思っていると、前方に東中の校舎が見えてきた。こんなに夜おそく見るのははじめてである。

昼間だとなんとも思わないが、シルエットで見る校舎は、妖怪《ようかい》の住む奇怪《きかい》な城みたいだ。

校舎と体育館の間の渡《わた》り廊下《ろうか》と水飲み場近辺は、スケボーするのにうってつけな場所がある。高橋グループは夜いつも忍《しの》び込《こ》んでスケボーの練習をしている。

そのことは教師たちもわかっているが、見て見ぬふりをしている。

雷太はそこで高橋と会うつもりらしい。これはヤバイことになった。学校はまずいとわかっているのに、雷太は、わざわざ出かける。なぜあえて危険に挑《いど》むのだろう？

もしかしたら、雷太はそこでフクロにされてしまうかもしれない。

亜子は、雷太のうかつさに腹が立ってきた。

雷太は、学校まで来ると、裏側にまわり塀《へい》を乗《の》り越《こ》えた。大して高くない塀なので、亜子もつづいて乗り越えた。

校庭は、月の明かりに照らされて白く光っている。そこで雷太の姿を見失った。

雷太は体育館のほうに行ったに違《ちが》いない。亜子は、体育館を回って水飲み場を覗《のぞ》いたがだれもいない。見まわすと体育館の使われていない倉庫の扉《とびら》が開いていた。

運動具などが雑然と置かれた奥《おく》にぼんやりと明かりがついている。多分懐中電灯《かいちゅうでんとう》の明かりであろう。

「こんばんは」

亜子は、がらくたを除《の》けながら、奥へ進んだ。

「なんだおまえ、何しに来た？」

難波がけげんそうな顔をした。

「高橋先輩いる？」

亜子は、周囲を見まわしながら言った。

「いねえよ。何の用だ？」

難波は、タコ焼きを口の中に放りこんだ。

「今夜高橋先輩、秋葉君と会う約束したんじゃない？」

「知らねえな。もしかしたら、さっきのケータイは秋葉か？」

「ケータイがかかってきて、どこかへ出て行ったの？」

「あのケータイは秋葉じゃねえ。言葉がていねいだった。三好かも」

末松《すえまつ》が言った。

「三好はよくここへ来るの？」

「ときどき来る」

「へえ、ほんと？」

亜子は、「それじゃ」と言って倉庫を出た。

高橋がケータイを耳にあてると、「秋葉だ」と言う低い声がした。

「今どこだ？」

「音楽教室の裏だ。話したいことがある。来てくれ」

「おまえ、こっちに来い」

「そこには行けないんだ。見張られているから」

「しょうがねえ。じゃおれがそっちへ行く」

「つけられるなよ」

「大丈夫《だいじょうぶ》だ」

雷太からのケータイを切って、出ようとすると、またケータイが鳴った。今度は三好からだった。

「十時に理科教室に来い」

「はい」

高橋は倉庫を出た。

こちら側は校舎の陰《かげ》になって、月の光も届かない。足元を見ながら歩くので、速くは進めない。

高橋が音楽教室の近くまでやって来ると、小さく口笛が聞こえた。

「高橋か？」

低い声が聞こえたので、そちらに向かって、

「秋葉か？」

と聞いた。

「そうだ、ここだ」

暗闇《くらやみ》の中から声がして、雷太がやって来た。

「三好から連絡《れんらく》があったか？」

「あった。十時に理科室に来いと言った」

「行くと言ったのか？」

「言った」

「そんなのは放っとけ。学校を出よう」

「なんでだ？」

「いたらヤバイ。おれの言うことを聞け」

「いやだ」

「いやなら、おれは帰る」

雷太は、背中を向けて歩き出した。

「ちょっと待て」

高橋が追いかけて来た。

「なんで三好がヤバイか教えてくれ」

「やつは一番話のわかる先公だと思ってるだろう？」

「おれとまともに口をきいてくれるのは、あいつしかいねえ。おれは、あいつだけは信じてるんだ」

高橋がこんなまともな言い方をするのははじめてだ。

「そう思わせるのがやつのやり方だ。あいつが大うそつきだってことは十時になればわかる」

「本当か？」

「本当だ。これからケータイが鳴っても出るな」

「十時までだな？」

「そうだ。とにかく、学校にはいないほうがいい。おれは家に帰る」

雷太は、高橋と別れた。

倉庫を出た亜子は、しばらくそのあたりを捜《さが》したが、雷太も高橋も見つからない。しかたないから帰ろうと思ったとき、向こうからやって来る高橋と遇《あ》った。

「あんたを捜してたの。三好に言われて、秋葉君に会おうとしたんでしょう」

「どうして、そんなこと知ってるんだ？」

高橋が不思議そうに聞いた。

「わたしは新聞部よ。そのくらい知っててあたりまえよ」

「秋葉はなんでびびったんだ？」

「あんたたちと一緒《いっしょ》にいたら殺されるからよ」

高橋が笑い出した。

「ちょっと待てよ。おれと秋葉がだれに殺されるんだよ？」

「きっと殺し屋でしょう」

「愉快《ゆかい》なこと言ってくれるぜ、新聞屋」

「わたしの言ってることは本当よ。だから秋葉君は来なかったのよ」

「秋葉は来たけど帰った」

高橋のケータイが鳴った。耳にあてた高橋は、

「はい、すぐ行きます」

とていねいな口調で言った。

「だれから？」

亜子が聞いた。そのとき、校舎の中ほどで、大きな爆発音《ばくはつおん》が聞こえた。同時に窓ガラスが割れて、中から煙《けむり》と炎《ほのお》が噴《ふ》き出《だ》した。

「理科室だ！」

高橋の目が釘付《くぎづ》けになった。

「火事だ！」

亜子は、大声でどなったつもりなのに、声がのどにはりついて出ない。

炎が廊下《ろうか》を走りぬけるのが、窓越《まどご》しに見えた。

「逃《に》げろ！」

高橋は、どなるなり走り出した。

亜子は塀《へい》を乗り越えて道路に下りると、ケータイで一一九を押《お》した。

「東中が火事です」

それだけ言ったとたん、力が抜《ぬ》けてその場にしゃがみこんでしまった。

「こんなところにいたらヤバイ。早く逃げようぜ」

高橋はそう言うなり走り出した。亜子もそのあとにつづいた。

途中《とちゅう》で高橋と別れた亜子は、なおも走りつづけた。学校から少しでも遠ざかりたかった。

目の前に人があらわれた。もう少しでぶつかりそうになった。

「部長」

洋平がいた。

「どうしたの？」

亜子は、そこに洋平があらわれたことで気が動転した。

「どうしたのじゃない。学校が火事なんだから、駆《か》けつけるのはあたりまえだろう。ちゃんとカメラも持って来た」

洋平は、カメラを亜子の目の前に突《つ》き出《だ》した。

「さすが副部長ね。行こう」

亜子は、今来た道を戻《もど》りはじめた。

二人が学校に近づいたとき、消防自動車のサイレンの音がした。一台が姿をあらわすと、つづいて二台、三台とやって来た。

すでに学校は、火と煙に包まれている。洋平は運動場にもぐりこんで写真を撮《と》りまくっている。

――雷太はどこにいるのだろう？

今まで気が動転していて、すっかり忘れていたが、急に思い出した。

いないということは、どういうことだろう？

雷太の身の上に何かが起きたのかもしれない。

恭助がやって来た。

「放火犯人が見つかったぞ」

息をはずませながら言った。

「だれ？」

「秋葉だ」

「うっそう！　だれがそんなこと言ったの？」

「来る途中で遇《あ》ったうちの生徒が言ってた。学校に火をつけたのは、少年Aだって」

——またか。

亜子は、腹が立つよりもっと空恐《そらおそ》ろしいものを感じた。

おそらくいないだろうと思いながら、雷太のケータイに電話してみた。雷太の低い声がした。

「わたし」

「なんだ？」

いつものぶっきらぼうな声。

「今夜あんたのあとをつけて中学に行って、高橋に会ったよ」

雷太の返事がない。

「聞いてる？」

「聞いてる」

いかにも面倒《めんどう》くさそうな声だ。

「学校が燃えたよ、爆弾《ばくだん》を仕掛《しか》けたのはあんた？」

「違《ちが》う」

「じゃ、だれ？　高橋？」

「わからん」

「あんたが東中に火をつけたって言ってるそうよ」

「それはうそだ」

雷太は吐《は》き捨《す》てるように言った。

「わたしもそう思う。でも気をつけたほうがいいよ」

「そうだな」

雷太は、まるで他人事《ひとごと》みたいな言い方をして電話を切った。

雷太がこんなことを言うのははじめてだ。

もしかしたら、これが学校破壊《はかい》計画の第一歩なのだろうか？

疑惑《ぎわく》がはてしなくふくらんでくる。

VI章　雷太還る

1

　亜子は、朝六時に目覚し時計をセットしておいた。昨日の夜はみんなで火事のこと、これからどうなるかということを、興奮して話していたので、ベッドにもぐりこんだのは午前二時を回っていた。

　夢《ゆめ》うつつの中で目覚し時計の音を聞いた。ようやく目が開くと、枕元《まくらもと》のテレビのスイッチを押《お》した。ちょうどニュースがはじまるところだった。

　昨夜午後十時頃、M市の東中学校が火事で焼けた。発火元は理科室で、発火の原因はガスボンベからガスが洩《も》れて、室内の何かが引火して爆発炎上《ばくはつえんじょう》したものとおもわれる。

　室内から男の焼死体が発見された。所持品から同校の三好仙吉教諭《きょうゆ》ではないかと思われる。今のところ事故か、自殺か、他殺かは不明。

　亜子がそこまで見たとき、電話が鳴った。

「美佐、テレビ見た？」

「見たよ。三好が死んだんだって？」

「そうなのよ。学校が燃えただけでもショックなのに、三好まで死ぬなんて。どうなっちゃってるの？　もうパニックよ」

美佐がそう言うのも無理はない。

「今日学校はどうなるの？」

「一週間休校だって」

「あ、割り込みが入った」

亜子がキャッチのボタンを押《お》すと、洋平の声がした。

「なんで三好なんだ？」

いきなりどなった。洋平とは昨日夜おそくまで話していたが、声は元気というより、上ずっている。きっと興奮しているからだろう。

「あれ、もしかして、秋葉じゃないだろうな？」

「違《ちが》う。彼は家にいた」

「そうか、それならいいけど」

洋平は、気の抜《ぬ》けたような声を出した。

「だけど、どうして三好が理科室にいたの？」

「そんなことより、夜の十時に学校に何しに行ったんだ？」

「雷太をはめに行ったのよ」

「雷太は行かなかったのか？」

「そうみたい」

　雷太は、学校には行っている。そこで三好と会ったかどうかはわからない。

「三好って自殺か？　それとも他殺かどっちだ？」

「そのうちわかるよ」

「どっちだと思う？」

「あいつが自殺するなんて思えないけど」

　急に三好のことが思い出されてきた。雷太は、三好のことを信用していなかったが、亜子はそんなに嫌《きら》いではなかった。

　ふつうの教師とくらべると、話のわかるほうだった。亜子はときどき羽目をはずしたが、大目に見てくれ、おこられたという経験がなかった。

　その三好がいなくなったと思うと、気落ちしてくるのは、避《さ》けられなかった。

「これからどうするの？」

「おれんち へ来いよ。みんな来るから」

今日から部室は使えないのだから、洋平の家で集まるしかない。

洋平の電話が切れると、それを待っていたように電話が鳴った。受話器を取ると、舜からだった。

「たいへんだったな」

今日はなぜか、舜の声がやさしく聞こえる。

そういえば、ブブが舜だとわかってから、そのことについて話しあったことがない。

「昨日からパニック」

「それはそうだろう。わかるよ」

「前だったらメールで言えたんだけど、今はなんにも言えなくなっちゃった」

「これから家に来ないか？」

舜の言い方がいつもと違って聞こえる。

「今日休みなの？」

「何言ってるんだ。今日は土曜日だぜ」

「そうか。わたしたち一週間休校だから、曜日のことをわすれちゃった」

亜子は、『悠遊塾《ゆうゆうじゅく》』に行ってから、そちらへ回ると洋平に電話して家を出た。

塾に行くと、舜はいつものようにパソコンと向かい合っていた。

「いつもパソコンばかりやってるけど、いったい何をやってるの？」

亜子は、気になっていることを聞いた。

「もう少ししたら発表するよ。これが成功したらぼくらは資金の心配をしなくてすむ」

「それって、おかねがもうかるの？」

「まあね」

「どのくらい？」

「やってみないとわからないけど、アメリカでは、億万長者になった小学生がいるらしい。アメリカでできるなら、日本だってできるさ」

「舜って、とんでもないことを考えてるのね」

「考えることが楽しいからやってるのさ。結果はどうでもいいんだ」

亜子は、自分と違いすぎる舜の頭に、ため息が出た。

「君は、あの火事をどう思う？」

舜は、キーボードに手を置いたまま言った。

「あれは事故だと思う」

「理由を聞かせてくれよ」

「あれは三好が何かしていて、薬品が爆発《ばくはつ》したんじゃないかしら？」

「三好があそこにいた理由は、雷太と高橋を呼びつけるためだということは、君も賛成だろう？」

「その理由はマスコミも知らないから、どの新聞を見ても謎《なぞ》だと言ってるわね。うちの新聞で書けばスクープね」

「やってみたら？」

舜が挑発《ちょうはつ》した。

「やってみようかな」

亜子は、半分その気になった。

「たとえば、こんな推理ができる。三好は、二人が決闘《けっとう》するといううわさを流した。それを三好が仲裁するつもりだったが、失敗して二人を死なせてしまったというシナリオだ」

「三好の本当の狙《ねら》いは、二人を同時に始末してしまうことだったのかしら？」

「いくらなんでも、二人を殺そうとまでは考えなかったと思いたい。三好は理科の教師ではない。操作の手違《てちが》いで爆発してしまい、事故死してしまった」

「それじゃ自業自得じゃないの。でも、その推理当たっているような気がする」

「そうかな、ぼくは、あまり自信がない。君にチェックしてもらいたくて話したんだ」

舜にそう言われても、亜子にはこの筋書きのミスが見つからない。

「わたしは、これで完璧《かんぺき》だと思うんだけど」

「まあ、そのうち真相はわかるだろう」

舜は、自分の推理にあまりこだわっていないようだ。

「今度の事件、ブブがいたら聞けたのになぁ」

「目の前にいるじゃないか」

舜が言った。

「はじめて舜君を見たとき、どこかで会ったような気がするのに、どうしても思い出せなかった」

「雷太からカンニングの話を聞いたときは、驚《おどろ》いたなぁ。これが奇跡《きせき》だと思った」

「でも黙《だま》ってたでしょう。どうして?」

「君が本気で塾に入りたいのかどうか、わかるまで黙っていようと思ったんだ」

「じゃ、話したのは、わたしが本気で入りたいと思うようになったから?」

「そのとおり。言わないわけにはいかなくなったんだ」

「舜とブブは、別の人のほうがよかったような気がする」

「ぼくも、話したのがよかったのか、悪かったのか今でも迷ってる」

舜はちょっと恥《は》ずかしそうな笑顔を見せた。

「舜にそういうところがあるなんて見なおしたわ。わたし、舜ってコンピューターみたいに、血が通ってないんじゃないかと思ってた」

「ぼくは人間さ。君と同じ」

「それを聞いて安心した」

「君にブブのことを話すのがこわかった」

「どうして？」

「君が騙《だま》されたと怒《おこ》って、ぼくとつき合わなくなるんじゃないかと思ったからだ」

「たしかに、ブブが舜だと言われたときは、ショックでキレそうになったわ。でも、だんだん冷静になるにつれて、気がつかなければならないときに、気がつかなかったのは、わたしのミスだということがわかったの。それからは自己嫌悪《けんお》よ」

「悪いことをしちゃったな。今はどうなんだ？」

「もう大丈夫《だいじょうぶ》。わたしって、うしろは振《ふ》り向《む》かないことにしてるから」

「よかった。そう言ってくれてほっとした。これからも、これに懲《こ》りずにつき合ってほしい」

舜って頭がいいのに素直だ。亜子はぐっときた。

「わたしこそおねがい」

亜子まで、舜につられて素直になった。

「君は雷太が何をしようとしているか、わかったと思う」

「ええ、大体ね」

「君がジャーナリストなら、そこまででいい。それ以上仲間に入ることはない。そう思ったから、ぼくは反対なんだ」

「みんなと一緒《いっしょ》に行動しちゃいけないの？」

亜子は首をかしげた。

「行動する人間は、一直線に前へ進む。障害があれば乗《の》り越《こ》え、抵抗《ていこう》は排除《はいじょ》して目的をめざす。しかし君は違《ちが》う。君にはもっと広い目でわれわれを見て、アドバイスしてほしい。われわれのほかにも、同じように行動するグループがあらわれると思う。そういうグループをつなぐコーディネーターになってほしいんだ」

舜の熱っぽさに、亜子は、頰《ほお》が燃えそうに熱くなってきた。

「わたしにそんなことができるかしら？」

「できる。亜子ならできる」

「そこまで言われるんならやるわ」

亜子は、はじめて気持ちがふっきれた。

2

「Mを消すことに成功しました。校舎もうまい具合に焼けてくれたので、西と東の統合は時間の問題だと思います」

「それはいいが、Mの死因は大丈夫か？」

「Mはプラスチックを燃やしたガスを吸わせ、失神したところを室内に置き、そのあとガスがもれて爆発したように工作しました。これはプロに頼《たの》みましたから、ミスはありません」

「それならいいだろう。しかし問題はなぜMが夜の十時に理科室にいたかだ。ここをつかれたら、まずいことにならないか？」

「それも考えてあります。Mに自殺するという遺書を書かせました。多分明日あたり、彼の自宅で発見されるでしょう。そうなれば、もう疑いを持つものはいなくなります」

「いいだろう。よくやった」

警察が三好の遺書を発表したのは、火事のあった翌日であった。遺書は三好のアパートで発見された。

内容は、仕事に疲《つか》れたから死出の旅に出る。捜《さが》さないでほしいというものであった。

亜子が洋平の家に行くと、恭助と美佐がいた。

「号外を出したいところだが、学校が休みになっちゃったから、出すのは一週間後だ」

洋平は、いつもの元気がない。

「どうしたの？　疲れてるの？」

亜子は、ちょっと心配になった。

「疲れちゃいない。おれたち西中に行くらしい。それが憂鬱《ゆううつ》なんだよ」

「それは、新しい校舎ができるまででしょう？」

美佐が言った。

「新しい校舎は作らないらしいぜ」

恭助が言った。

「どうして？」

「西中に教室があまってるからさ」

「そうかぁ。でも、それは問題だよ。わたしたちの意見を聞くべきじゃない？」

亜子は、知らずにほっぺたがふくらんだ。

「そんなこと、やるわけないだろう。子どもはがたがた言うんじゃねえ」

恭助がさめた顔で言った。

「新聞で書こう」

亜子が言うと、洋平が、

「そんなこと書けるか?」

と首をかしげた。

「どうして? これを書かなくちゃ新聞部はないのも同然よ」

「それはそうだけど、今あまり派手なことをやると、目をつけられて、西中に行ったとき、廃部《はいぶ》にされるおそれがあるぜ」

亜子は、気のいい洋平の消極さがかちんときた。

「こういうときびびっちゃだめよ。こっちがびびれば向こうはなめて、でかい態度になる。絶対引いちゃだめ」

「そうか、そういうものかもしれないな」

洋平は半分納得したように見えた。

「だけど、西中は秋葉がいなくなってから、ずいぶん変わったらしいぜ」

恭助が言った。

「どんなふうに変わったの？」

亜子が聞いた。

「新しく来た校長の小磯《こいそ》ってのがすごいやつで、西中は別の学校になったみたいだってさ」

「そういえば体罰《たいばつ》ありだって言ってたな」

洋平が言った。

「体罰はひどいよ。親たちは怒《おこ》らないの？」

「怒るどころか、親たちがやってくれって応援《おうえん》してるんだ。だから先公はやりたいほうだいだって」

「わたし、そんな学校に行きたくないよ」

美佐が顔をしかめた。

「秋葉が聞いたら、なんて言うかな？」

「さあ……」

雷太が黙《じ》っとしているはずがない。どんな手を考えるだろう？　亜子には想像がつかない。

「西中でいちばんおっかないのは草場だ。こいつは秋葉の元担任だ。一緒《いっしょ》になったら、真っ先に目をつけるだろう。こいつと秋葉のバトルは面白《おもしろ》いぜ」

恭助は、まるで格闘技戦《かくとうぎせん》でも待っているみたいな感じだ。

亜子のケータイが鳴った。耳にあてると、京谷だけれど、会いたいと言った。洋介の家の住所を言うと、いま学校にいるからすぐ行くと言った。

京谷の言葉どおり、十分もしないうちにあらわれた。

「三好が死んだのは意外だった」

京谷は、入って来るなり言った。

「わたしもそうです」

亜子も相槌《あいづち》を打った。

「だけど、あいつは怪《あや》しい動きをしていました」

恭助が、自己紹介《しょうかい》して言った。

「彼はうちの新聞のタレコミ屋なんです」

亜子が言ったとたん、京谷は、大きい口をあけて笑った。

「笑わないでください。彼の情報で、秋葉君は命拾いしたんです」

亜子は、そのときの状況《じょうきょう》を京谷に説明した。

「それはすごいな。どこで仕入れたんだ？」

「ネタモトを言うわけにはいきません」

恭助が胸を張って言うと、

「立派なものだ」

京谷がまともな顔で言うので、亜子のほうが噴《ふ》き出《だ》してしまった。

「ところで三好が君の担任になったのは、今年の四月だったね？」

「そうです」

「それまでは何年の担任だった？」

「四月によその学校から異動して来たんです」

「どこの学校かわかるかね？」

「知りません。自分でも言わないし」

「どんな先生だった？」

「話のわかる懐《ふところ》の深い先生でした」

「君は好きらしいな」

京谷が聞いた。

「わたしは東中では一番と思っていました。けれど雷太君は頭から信用するなと言ってました。その点ではわたしの負けだと思ってたんですけど、遺書が出てきたからそんなに悪いやつとも思えなくなりました」

「つまり生徒に取り入り方がうまかったんだな」

「わたしは三好の人柄《ひとがら》だと思っていたんですが、それは彼の作戦だったことがわかりました。まんまとやられました。悔《くや》しい」

「ぼくは『天道会』を調べているうちに草場に突き当《つあ》たった。草場の行方《ゆくえ》を追いかけていると、西中にいることがわかった。そして西条先生の『悠遊塾』と雷太君や君を知ることになるのだ」

京谷が言った。

「出会いって、人を幸せにも、不幸にもする。運命的ですね」

亜子は、運命論者ではないが、何か不思議なものを感じる。舜だってそうだ。彼は亜子の人生に大きい影響《えいきょう》をあたえてくれそうな気がする。

「雷太君の目指しているものを聞いたかね？」

「ええ聞きました。わたしは内部へ入るなと言われました」

「ぼくもそう思う。彼らには、外部に君のような人がどうしても必要なのだ」

「舜君にそう言われて、なるほどと思いました。でも二人のエネルギーってすばらしい。

羨《うらや》ましいです」

「それを君が言っちゃいけない。君の獲物《えもの》を追うパワーはすごいものだ。ぼくは圧倒《あっとう》されるよ」

京谷にほめられて、亜子は上気してきた。

「わたしの夢《ゆめ》はジャーナリストなんです。これからよろしくおねがいします」

「とんでもない。われわれの仕事は情け無用の世界だ。だから君はぼくのライバルなんだ」

「わたし、今度の事件で発表したいことがあるんです。でも学校が休みになっちゃったんで、ビラにして貼《は》りだそうかと思っているんです」

「内容を聞いてもいいかな?」

京谷は遠慮《えんりょ》がちに言った。

「東中の西中吸収反対という記事です」

「そうか、そういううわさがあるのかね?」

京谷は、興味を示した。

「そうなんです。それもぼくが見つけたんです」

恭助が得意そうに言った。

「一週間経《た》ったら、西中で授業するらしいです」

洋平が言った。

「本当だったら校舎の修理をして、学校に戻《もど》るんですが、西中に空き教室があるから、二つの学校を一つにしたら市の予算も助かるということらしいです」

「君は、たいへんな情報を仕入れてきたものだな。大したものだ」

京谷は、あらためて恭助に感心した。

「ぼくが情報屋だってことをお忘れなく」

恭助は、ほめられて少してれている。

「西中っていったら、雷太の母校じゃない？　雷太を追い出した教師はどんな顔をするか、見ものだね」

そうなったら、雷太はどんな気持ちだろう？　雷太に聞いてみたかった。

「ぼくは三好の遺書にひっかかるのだ」

京谷が言った。

「遺書のどこがひっかかるんですか？　筆跡《ひっせき》は三好にまちがいないと言ってますが」

「たしかに書いたのは本人だろう。しかし何かにおう。三好のことをもう少し調べてみようと思ってる」

京谷の目が猟犬《りょうけん》の目みたいに見えた。

3

東中の校長、教頭、教務主任の三人は、西中に出かけた。校長室に通されると、そこには、西中の校長、教頭、教務主任の三人と、市の教育長が待っていた。

「このたびは、たいへんなご迷惑《めいわく》をおかけしまして、申し訳ございませんでした」

東中の校長藤尾《ふじお》は、四人に向かって儀礼的に最敬礼をした。つづいてあとの二人も深く頭を下げた。

「事件の話はあとまわしにして、本題に入りましょう」

教育長の小野田《おのだ》が、最初に口を開いた。

「正常に授業ができるのに、あと何日かかりますか？」

西中の校長小磯が、藤尾に聞いた。

「建築業者に見積もらせましたところ、三ヶ月はかかるそうです」

藤尾は、報告書に目を落としたまま言った。

「それまでは、うちで引きうけるしかないと思います」

小磯は、小野田を見て言った。

「東中の生徒全員を受け入れるだけの空き教室はありますか?」

小野田が聞いた。

「東中は、うちとほとんど人数は変わりません。幸いなことに、生徒数は半分になっていますから、少し無理をすればなんとかなります」

「いい機会だから、西と東を統合するというのも考慮《こうりょ》に入れてもいいですな」

小野田は、いま突然《とつぜん》思いついた顔をしてみせた。

「それはしかし、問題があります」

藤尾がしぶい顔をした。統合すれば、当然校長は先輩《せんぱい》の小磯ということになるからだ。

「いいですか。今は大企業《だいきぎょう》でも合併《がっぺい》する時代です。まして少子化です。学校だってこの流れに逆らうことはできませんよ。それに、市は予算不足で新しく学校を建てることなど到《とう》底《てい》無理です」

「おっしゃるとおりです」

小磯が、大きくうなずいた。

「時代の流れですから異議は申しません。とにかく、うちの生徒を受け入れていただいて安心しました」

藤尾が肩《かた》で大きく息をすると、教頭と教務主任も、そっくりまねをした。

「これで最重要問題が解決しましたな。来週から引きうけていただけますか？」

小野田の言い方は強圧的だ。いやとは言わせない迫力《はくりょく》がある。

「結構です。さっそく受け入れの準備をはじめます」

小磯は大きい声で言った。

「それでは、三好先生の件に移りましょう。その後新しい事実は見つかりましたか？」

「遺書が発見されたので事件にはならないと捜査《そうさ》当局は判断したようです。これは、関係者から聞きました」

藤尾が言った。

「すると、事故死ではなく、自殺だということになったのですか？」

「それは、間違《まちが》いないようです。ただ、理科室で自殺したのに、遺体を捜《さが》すなというのは、不自然といえば不自然ですが、自殺するときはふつうの心理状態ではありませんから、それ以上追及《ついきゅう》はしないことになったようです」

藤尾が言った。

「そう言っては仏さんに悪いですが、面倒《めんどう》なことがなくて幸いでした」

小磯の表情は、あっけらかんとしている。

「自殺したからには、原因があるはずです。公的か私的かはわかりませんが、何か抱《かか》えていたのでしょう。しかし三好先生は身寄りもないことですし、そっとしておきましょう」

「教育長のおっしゃることは正しいと思います」

小磯が、小野田に迎合《げいごう》しているのは見え見えである。

「東中の生徒を引きうけることで、ひとつ問題があるのです」

西中の教務主任持田が言うと、藤尾が間髪《かんはつ》をいれずに、

「それは、秋葉雷太のことですね？」

と言った。

「そうです。私どもの中学は、秋葉がいなくなって、やっと平穏《へいおん》になったところです。その秋葉が還《かえ》って来たら、学校はふたたび修羅場《しゅらば》になることは、火を見るより明らかです」

「君は少し神経質になりすぎている」

小磯が、持田をたしなめた。

「秋葉というのは、そんなに要注意人物ですか？」

小野田が不思議そうに言った。

「うちではどうなんだ？」

藤尾が、教務主任の尾形に聞いた。

「うちでは、今のところ目立った動きはしていません」

尾形が言った。

「今は準備中なのです」

「何の準備なのですか？」

小野田は、持田の話に少し辟易《へきえき》しているように見えた。

「教師カタログです」

「なんですか？　それ」

小野田がけげんそうな顔をした。

「教師の性格、出題傾向《けいこう》、趣味《しゅみ》、弱点などを調べ上げ、それをネタにして教師を恐喝《きょうかつ》するのです」

西中の教頭横田《よこた》が言った。

「それは、やくざの手口じゃないですか。そんなことを中学生がやるとは想像できませんな」

小野田は不快さをあらわにした。

「教育長がそうおっしゃるのは無理もありません。しかし、これは事実なのです。市原先生が自殺したのは、それが原因だと生徒たちがうわさしていました」

「その教師カタログを作ったのが、秋葉だと言われるのですか？」

小野田は、横田の顔を凝視《ぎょうし》した。

「秋葉がやったという証拠《しょうこ》はありません。しかし、こんなことをやるのは秋葉しかいません。ですから、秋葉のことを生徒たちが少年Aと呼ぶようになったのです」

「それが事実なら、秋葉というのは、悪魔《あくま》の子じゃないですか？」

「まさに彼こそ、悪魔の子です。西中は彼のホームグラウンドです」

「持田先生も、横田先生も神経過敏《かびん》です。なんといっても、相手は子どもですよ。子どもになめられないように、毅然《きぜん》として接してください」

小野田に言われて、二人ともうなずいたが、決して納得したものではなかった。

「教育長のおっしゃるように、最近の子どもは、私にも理解できないような行動をします。昔のように、おとなと子どもを分ける境界線はありません」

藤尾が言った。

「だから、どうしろというんですか？」

「子どもだからという目で見ないということを自分に言い聞かせています」

「たしかに、近頃の少年犯罪はおとな顔負けです。われわれが考えている子どもは、どこへ行ってしまったのでしょう」

藤尾につづいて、教頭の横田が言った。

「教育者として、この現実を見るのは耐《た》えがたいことですが、この責任をすべて教育のせいだと言われても納得できません」

持田が言った。

「そう言いたい気持ちはわかりますが、それを言ってはいけません。子どもをこんなふうにしたのは間違《まちが》いなく教育のせいです」

小野田はつづけた。

「戦後アメリカが考えたことは、日本人から誇《ほこ》りを奪《うば》うことでした。そのために日本の神話を否定し、押《お》しつけたのがスクリーン、スポーツ、セックスの3S政策です。その結果日本人は魂《たましい》を抜《ぬ》かれてしまいました」

「教育長のおっしゃることは、私の信条でもあります。そのために本校では、新渡戸稲造《にとべいなぞう》先生の『武士道』を、三年生には副読本として読ませるようにしています。私はこの中学を日本の親たちの理想とする中学に変えてみせます」

小磯は胸を張って言った。言葉にも自信があふれている。

「それは、たいへん結構なことです。これからもぜひその方針を貫《つらぬ》いてください」

小野田は、満足している口ぶりだった。

4

東中の火事から一週間が過ぎた。その日から、東中の生徒二百七十五人は西中で授業を受けることになった。

その受け入れ式が体育館で行われることになった。入り口の両側に西中の生徒が並び、東中の生徒は拍手《はくしゅ》を受けながら、体育館に入って行く。全員が並び終わると小磯が壇上《だんじょう》に立った。

「みなさん、今日私たちは、二百七十五人のお客さまを迎《むか》えることになりました。東中は、皆《みな》さんも知ってのとおり、火事で授業ができなくなりました。私たちは困っている友だちを黙《だま》って見ているわけにはまいりません」

小磯の口調は、次第に熱を帯びてきた。

「お客さまに対しては、快く滞在《たいざい》できるよう心配りをしましょう。間違っても不愉快《ふゆかい》な思いはさせないでください。困ったときには、助け合うのが人間なのですから」

小磯は、話の最後をそう言って結んだ。

そのあと、西中と東中の代表がそれぞれ挨拶《あいさつ》をして式は終わった。

いきなり人数が倍になった学校は、まるでイベントでもあったみたいに賑《にぎ》やかになった。

摩耶は、人込《ひとご》みの中からやっと亜子を捜《さが》しだした。

「西中の印象どう？」

摩耶は、亜子と顔を合わせるなり聞いた。

「ちょっと暗い感じね」

亜子は、感じたままの印象を言った。

「こんなふうになったのは、雷太君がいなくなって、小磯が校長で来てからよ。まえは、みんな明るかったのに、西中はすっかり変わったわ」

「どんなふうに変わったの？」

「吉田松陰《よしだしょういん》って知ってる？」

「幕末《ばくまつ》の志士でしょう？　松下村塾《しょうかそんじゅく》をひらいた人」

「亜子も案外やるね。そのとおり。その吉田松陰が死刑にされる前夜にしたためた、
　かくすればかくなるものと知りながら
　　やむにやまれぬ大和魂《やまとだましい》
という歌があるのよ。今日は言わなかったけれど、これが小磯の十八番《おはこ》。朝礼では必ず言うわよ」

「聞いただけで寒気がするよ」

亜子は肩《かた》をすくめた。

「雷太君がやって来たら、戦争になるのは間違いないね」

摩耶が言った。

教室に入ると、洋平が吹《ふ》っ飛《と》んできた。

「すげえことがある」

声が上ずっているところを見ると、よほどのことらしい。

「どうしたの？　落ち着きなよ」

亜子はつとめて冷静になろうとした。

「秋葉がいる」

「えっ」

亜子は、空耳ではないかと思ったので聞きかえした。

「いるんだよ、一組の教室に」

亜子は、みなまで聞かずに教室を飛び出した。一組の教室はすごい人だかりだ、西中の生徒が集まっている。中をのぞくと、たしかに雷太がぼんやりと窓の外を見ている。

——やっぱり来ている。

雷太が何を考えて学校に出て来たのか、亜子にはわからない。

一時間目の授業が終わると摩耶がやって来た。

「クラスでみんな舞《ま》い上《あ》がったよ」

「雷太って、みんなから敬遠されてたんじゃなかったの？」

「そうなんだけど。今は違《ちが》う。みんな雷太が還ってくる日を待っていたのよ」

「どうしてそんなに変わったの？」

「今度の校長があんまりひどいから、雷太が還って来れば、なんとかなると思ってるんじゃないの」


その日、職員室では、雷太のことで話題は持ちきりだった。

雷太は、きっと何かを画策《かくさく》しているに違いない。この前は教師カタログできりきり舞いさせられたが、今度はどんな手を使うのだろうか？　いろいろ意見を交換《こうかん》し合ったが、どれも常識的で、教務主任の持田を満足させるものは一つもなかった。

「あいつは悪魔《あくま》の子ですから、何を考え出すか見当もつきません」

持田は、顔を天井《てんじょう》に向けたまま大きく嘆息《たんそく》した。

「やられる前に予防措置《そち》をしましょう」

教頭の横田が言った。

「いい方法がありますか？」

東中の校長、藤尾が言った。

「何か理由をつけて、身柄《みがら》を拘束《こうそく》してしまうのです」

西中の生徒指導矢口が言った。

「相手は中学生です。へたをしたら、こちらの首がとびます。それは覚悟《かくご》の上ですか？」

藤尾は矢口の顔を見た。

「これは外部に洩《も》れたら大問題になりますから、絶対口外無用です」

矢口はみんなの顔を見まわした。

「ここにいる人たちは信用していい」

小磯が言うと、みんなが大きくうなずいた。

「とにかく先手を打つことです」

東中の教務主任尾形が言った。

「私がここの校長でいるかぎり、神聖な学校を土足で汚《けが》すことは断じて許さん」

小磯はいっそう胸をそらした。

5

亜子は毎日、学校で顔をあわせていたのに、三好のことは何も知らなかった。

「顔写真もまともな物がないなんて」

亜子はため息をついた。

いざ三好の情報を集めようと思っても、めぼしい物は自宅には何もなく、ほとんどの資料は学校の火事で部室とともになくなってしまっていた。

「洋平の方はどうだった？」

「住所と電話番号くらい、たいした物は残っていない。部室に置きっぱなしだったからなぁ」

洋平の方も成果なかったようだ。

「恭助は？　三好の手紙とか、メモとかでもいいからだれかそういうの持ってる人知らない？」

「おれ思い出したんだけど。以前、壊《こわ》れたノートパソコンを、使えるパーツがあるかもしれないって亜子が三好から新聞部に寄付させたことがあったろ、あれどうなった？」

「さすが恭助！　よく思い出した。あれなら英理子さんに見てもらおうと思って家に置いてあるわ」

亜子は興奮して恭助に飛びついた。

「でも部長、あのパソコン全然立ち上がらなかったろ、情報なんて引き出せるのか？」

洋平は恭助に先を越《こ》され、なんくせつけた。

「まぁ、まかせて。わたしに心当りがあるの」

亜子は舜のことを考えていた。


亜子は、家にとって帰り、壊れたノートパソコンを持って『悠遊塾』に向かった。

「ハードディスクが壊れていなければデータを引き出せるかもしれないぞ」

舜は一通りそのパソコンを眺《なが》めてからそう言った。

「舜、お願いなんとかして」

亜子は手をあわせてぺこっと頭を下げた。

「やれるだけやってみるよ。何か出たら連絡《れんらく》する」

と言って舜は微笑《ほほえ》んだ。

――こういう時の舜ってやっぱりたのもしい。

校門を出たところで摩耶と遇《あ》った。

「亜子、教授の家に行ってみない？」

「そうね、火事から一度も行ってないから行こうか」

亜子と摩耶が西条の家を訪問すると、会いたいと思っていたところだったと、上機嫌《じょうきげん》になった。

「すみません。火事でごたごたしていて、顔を出さなくて」

「心配していた。西中にかわったそうだね？」

「はい、そのことなんですが、受け入れ式で、西中の校長が話したんです。そいつ吉田松陰が大好きらしいんです。三年生には副読本として、『武士道』という本を読ませているらしいんです。どうも、『天道会』みたいで、わたしは気になります」

亜子は、ずっとそれがひっかかっていた。

「『天道会』と同じ考えを持っているおとなは結構いるものだ。その校長が生徒たちを指導する規範《きはん》として、『武士道』を考えているとしたら、これは時代錯誤《さくご》も甚《はなは》だしい。封建《ほうけん》時代に、サムライは民族全体の美しき理想となった。花は桜木《さくらぎ》、人は武士と歌われたものだが、それはもう化石になってしまったのに、今でもその夢《ゆめ》を追いつづけ、それが正しい教育だと思いこんでいるのが『天道会』なのだ。これは危険だ」

西条の表情が翳《かげ》った。

「あの校長には、生徒のためにいいことをしているという信念があります。これからは、西中だけでなく東中も仕切ろうとするでしょう。雷太は、今おとなしいですけれど、そのうちきっと校長とはデスマッチをはじめると思います」

「そうなったら面白《おもしろ》いね。わくわくするよ」

摩耶は、興奮して手を握《にぎ》り締《し》めているが、亜子は、心配になってきた。

「京谷君はどこに行ったか知っているかね？」

西条が聞いた。

「知りません」

二人同時に答えた。

「彼は和歌山にいる」

「和歌山？　三好のことを調べてたと思ってたのに」

どうしてだろうと亜子は思った。

「京谷君は、大発見だと興奮していた」

「何ですか？」

摩耶が聞いた。

「それは、帰ってからのお楽しみだと言いおった」

「なんだろう?」

亜子は、摩耶と顔を見合わせたが、見当もつかなかった。


京谷が帰って来たのは、それから二日後のことだった。

雷太、舜、健、康、ヒロミ、摩耶、亜子の七人に、西条が加わってテーブルを囲んだ。

「今日はみなさんを、あっといわせるお土産《みやげ》をもってきました」

京谷の声は自信にあふれている。みんなの視線が京谷に集中した。

「わたしは、和歌山の片田舎《かたいなか》で、三好仙吉に会ってきました」

「ええっ」

摩耶が悲鳴をあげた。

「それ、幽霊《ゆうれい》ですか?」

ヒロミが、こわごわと聞いた。

「いいえ、本物です」

「それじゃ、理科室で死んだ三好はだれなんですか?」

亜子は、すっかり頭が混乱した。

「だれだかわかりませんが、三好ではありません。本物の三好は、この人です」

京谷は、バッグから写真を取り出してみんなに見せた。

その顔はやせこけて、亜子の担任の三好とは、似ても似つかぬ顔だった。

「この写真の三好さんは、中学の先生をしていましたが、五年前から病気で休職し、家で静養しています」

「すると、だれかがこの人になりすましていたということですか？」

ヒロミにつづいて健が聞いた。

「それじゃ、ニセ三好はなぜ遺書を書いて自殺したんですか？」

「わかりません。ぼくは、このデータを警察に提出します。警察が遺体のＤＮＡ鑑定《かんてい》をすれば、身元はわかるでしょう」

京谷は、首を振《ふ》った。

「実はぼく、三好のノートパソコンを預かって、今データを引き出そうとしているところです。もうすぐ作業は終わります。そうすれば、三好の秘密はわかると思います」

「それじゃ、その結果待ちだ」

京谷が言った。

舜から連絡が入ったのは、翌日の夜おそくだった。

アコへ

ハードディスクの中にはめぼしい情報はありませんでしたが、このパソコンのホームページアドレス履歴《りれき》に面白《おもしろ》いものを発見しました。それは奥野のホームページアドレスです。早速アクセスしてみたところ、ぱっと見何もないように見えるのですが、隠《かく》しフォルダーの中にすごいファイルを見つけましたので一緒《いっしょ》に添付《てんぷ》します。

シュン

舜のメールに添付されてきたファイルはいくつかのサウンドデータだった。

亜子はとりあえず、そのファイルを開いて聞いてみた。それは男二人の話し声で、一方は三好の声に聞こえる。その内容に亜子は絶句した。

京谷が三好のデータを警察に提出して二日後、警察は焼死体を奥野だと断定した。

その日『悠遊塾』に雷太、健、康、ヒロミ、摩耶、亜子、舜、それに西条と京谷の九人が集まり、円卓《えんたく》を囲んだ。

「わたしから報告します。三好、本当は奥野ですが、彼が万一を考えて草場と会話した音声データがインターネットのホームページに残されていました。理由は、もしものとき、ホームページで発表するつもりだったと思われます。それを舜君が苦労して取り出してくれました。その内容を要約しますと、奥野は草場の指令によって市原を抹殺《まっさつ》し、みずからは『天道会』に身を隠して整形手術を施《ほどこ》し、まったく別人の三好になりすまして東中に赴《ふ》任《にん》しました。彼にあたえられた指令は、秋葉君の抹殺ともう一つは、東中に放火し、西中に統合させるものでした。それによって草場の上司である小磯の昇進《しょうしん》を計画したのです」

亜子の話は、それから延々とつづいたが、みんな身動きひとつせず、聞き入っていた。

6

「ぎゃぁ、たすけて！」

小磯が駐車場《ちゆうしやじよう》に車を取りに行く途中《とちゆう》暗がりから一人の中年男が飛び出してきた。

「たすけてください！　おやじ狩《が》りです」

その男は額から血のようなものを流している。

「いきなり硬《かた》い物で殴《なぐ》りつけられ財布を取られてしまいました」

「そいつらはどっちに行った、わしが取り返してやる」

前々から、おやじ狩りなどという風潮に頭にきていたこともあり、小磯は男を問《と》い詰《つ》めた。

「そんな、危ないです。やつらは背が高く二人組でとてもかないませんよ」

「なさけない、おまえたちがそんなだからガキどもがつけ上がるんだ。安心しろわしは剣《けん》道《どう》の有段者だ、今時の軟弱《なんじゃく》な連中に負けやせん」

と言うと小磯は手ごろな棒きれを拾い上げた。

「さぁ案内せい」

中年男はしぶしぶ小磯を現場につれていった。

「あいつらです、あの二人です」

小磯は追いはぎまがいなことをしておいて、逃《に》げもしないそのふてぶてしい態度によけいに腹が立ってきた。

「このくずどもが、おとなしく金を返さないとたたきのめすぞ」

「はっ、このおっさん、ばかじゃないの」

顔は暗くてよく見えないが、せいぜい中高生だろう。

「口で言ってわからんのなら畜生《ちくしょう》だ。わしがしつけなおしてやる」

小磯が得意の突きでその二人組に飛びかかる瞬間《しゅんかん》、

「こわい！」

と叫《さけ》んで中年男が小磯の両足に抱《だ》きついてきた。

おかげで小磯は、もんどりうって倒《たお》れてしまった。

「はなさんか、このばかもの！」

振《ふ》り払《はら》おうとすればするほど、中年男はしっかり抱きついてくる。

「畜生なんてひどいこと言うなぁ～」

「ぼくたちデリケートだから傷ついちゃう」

二人組がにやつきながら近づいてくる。

ドカッ、強烈《きょうれつ》な一発がはいって小磯の意識は暗転した。

「ヒロミ、おまえの演技やりすぎなんだよ。途中《とちゅう》で笑うのがまんするのに苦労したぜ」

「それより速攻《そっこう》で写真撮《と》って亜子のとこもってかねぇと」

康が健を急がせた。

「写真撮るならこっちの方が面白《おもしろ》くないか？」

と言ってヒロミは、気絶している小磯のズボンをはぎとってしまった。

「おまえやることがえげつないぜ」

「それなら上もとろうぜ」

パンツいっちょうになった小磯を見て三人とも笑いが止まらなかった。

小磯は、朝までほとんど眠《ねむ》れなかった。ベッドからやっとおりて、洗面台の前まで行った。鏡に自分の顔が映ったとき、おもわずうめいた。それはこれまで見たこともない別人の顔であった。

かなりひどいことになっているとは覚悟《かくご》していたが、これはあまりにもひどすぎる。口は崩《くず》れたたらこのようであり、まぶたは垂れ下がりほとんど目をふさいでいる。顔は青黒く、まるでホラー映画のメーキャップである。

見ていると、吐《は》き気《け》がしてくる。

今日は西中と東中の統合の日である。この日を盛大にするために、さまざまの趣向《しゅこう》をこらした。来賓《らいひん》も市長をはじめ、市の有力者が多数詰《つ》め掛《か》けることになっている。

小磯にとっては、まさに一世一代の晴《は》れ舞台《ぶたい》のはずであった。

電話が鳴った。受話器を取ると、教頭の横田からだった。

「校長先生、たいへんなことがおこりました」

横田の声は、ほとんど悲鳴に近い。

「どうした？」

小磯も負けずにどなりかえした。

「学校中ビラだらけです」

「何のビラだ？」

「読みます。中年Aの淫行《いんこう》という見だしで、パンツひとつの男性の写真が載《の》っています」

「顔はわかるか？」

「いいえ、顔にはモザイクがかかっていますが、うちの学校の教師だと書いてあります。とにかく内容がひどいです。中学校の教師が女子高校生に淫行におよぼうとしたところ、その愛人になぐられたというものです」

「それはわしだ！」

「まさか校長先生が……」

横田は絶句した。

「だれかの陰謀《いんぼう》だ。わしははめられた」

「それでは今日の行事は中止にいたしましょうか？」

「ばかもの！　そんなことができるか。それではみすみす敵の罠《わな》にはまることになる。わしは行くぞ」

小磯は電話をきると、出かける準備をはじめた。帽子《ぼうし》を目深くかぶり、大きいマスクをつけ、サングラスをかけた。これなら顔の様子はわからない。

それからタクシーを呼んで家を出た。学校に車を乗り付けると、そのまま校長室に直行した。

校長室には、横田と持田が待っていた。小磯は帽子と、マスク、サングラスをはずした。

二人は呆然《ぼうぜん》と小磯の顔を見つめたままひとこともいわない。

「なんとか言ったらどうだ」

小磯は二人にむかってどなった。

「はい。お気の毒で言葉もありません」

横田がきえいりそうな声で言った。

「わしは壇上《だんじょう》に出るぞ」

「おやめください。それではみんなの笑いを誘《さそ》うだけです」

持田が哀願《あいがん》した。

「いや、行く」

小磯は、胸を張って校長室を出て行った。

体育館には、西中と東中の生徒合わせて四百六十人が並んだ。体育館にこんなに多くの生徒が集まったのは数十年ぶりのはずである。

正面には「西中・東中統合記念式典」と書かれた横断幕が吊《つ》り下げられている。

「小磯来るかな？」

洋平がうしろを振《ふ》り向《む》いて言った。

「いくらなんでも、あの顔じゃ来れないよ」

と恭助が言ったとき、小磯が体育館に入って来た。頭全体を白い包帯で巻いているので、まるでミイラのようである。会場全体にどよめきが起こった。そのまま壇上《だんじょう》に上がった小磯は、

「本日は記念すべき日であるのに、私がこのような姿で壇上に上がった失礼をお詫《わ》びします。私は、昨夜数名の暴漢に襲《おそ》われました。彼らは、私に殴《なぐ》る蹴《け》るの暴行を加えたうえ、写真を撮《と》りました。そしてそれをビラに印刷して、校内に張り出しました。そこには、中年Aの淫行《いんこう》という見だしをつけて。これはまったくのでっちあげです。私は天地神明に誓《ちか》って、少女に淫行をしたことなどありません。これはまさに陰謀《いんぼう》です。彼らは、それがだれとは特定できませんが、その意図は本日の記念式典を破壊《はかい》しようとしたことは明白であります。私の顔をめちゃめちゃにすれば壇上には立てないと計算したのでしょう。しかし、

私は、こうしてみなさまの前に立っております。私をみくびってはいけない。私はそんなやわな人間ではありません」

来賓席《らいひんせき》から一斉《いっせい》に拍手《はくしゅ》が起こった。

「私の尊敬する新渡戸稲造先生は、その著『武士道』のなかでこう言われております。『父母は天地の如《ごと》く、師君は日月の如し』と。ここでみなさんに申し上げておきます。この言葉こそ教育の原点であります。これが私の教育方針です。この言葉を額に入れ、各教室に掲《かか》げます。そして毎朝斉唱《せいしょう》します。その精神をみんなさんが完全に理解したとき、みなさんは立派な日本人になります。そうすることが私の使命だと信じております」

いっそう激しい拍手が起こった。

小磯の話は、それから三十分以上もつづいた。内容は戦後日本人がいかに堕落《だらく》したか、このままでは、日本は滅《ほろ》びてしまうという過激なものだったが、全員が立って聴《き》いているので、早く話が終わらないかとささやきあった。

脳貧血になって倒《たお》れる者もいたが、小磯はかまわずしゃべりつづけた。終わったときは全員が大きい吐息《といき》を洩《も》らした。

ミイラみたいな小磯が、堂々と壇を下りて行く姿はこっけいであった。

「せっかく、おやじ狩《が》りしたってのに、あいつ全然ビビってないじゃんか。どうなってんだ？　これじゃ小磯のいいなりだぜ」

洋平がぼやいた。

「まだ幕は降りちゃいないよ。いい気になってるのは今のうちさ」

恭助がぼそっと言った。

「何かあるのか？」

亜子と洋平が同時に聞いた。

「さっき刑事《けいじ》が入って来たのを見たか？」

「見てない」

亜子は全然気づかなかった。

「二人づれのごつい男だ。あれは間違《まちが》いなく刑事だ」

「刑事が何しに来たんだ？」

洋平が聞いた。

「決まってるだろう。つかまえにさ」

「だれを？」

「もうじきわかるさ」

恭助はそれ以上言わなかった。

「雷太見た？」

「いた」

恭助が言った。

それなら、小磯の話を聴いたはずだ。雷太がなんと思ったか聞いてみたかった。亜子は雷太を捜《さが》したが、みつからなかった。

小磯は、敵の陰謀を粉砕《ふんさい》したと思うと、勝利の快感に酔《よ》いしれながら校長室に戻《もど》った。入り口に横田が立って待っていた。

「どうだった？」

小磯が聞くと、

「すばらしいお話でした。感動で体が震《ふる》えました」

「そうか」

小磯はその言葉に十分満足した。

「校長室で刑事さんが待っておられます」

横田は言いにくそうに言った。

「刑事が何の用だ？」

刑事と聞いたとたん、小磯は頭から水をかけられたような寒気をおぼえた。

「三好のことか？」

「そうだと思います。何も言いませんでしたが」

「よし」

小磯は、息を大きく吸って、校長室に入った。

ソファーに腰《こし》かけていた二人の男が立ち上がると、

「M署の者です」

と言って名刺《めいし》を差し出してから、

「失礼ですが、その頭はどうなされました？」

と聞いた。

「おやじ狩りですよ。昨夜やられました」

「それは災難でした。犯人の顔をおぼえていらっしゃいますか？」

「全然おぼえていません」

「何か盗《と》られたものはありますか？」

「いいえ、ありません」

「すると……」

「たいしたこともなかったので、被害届《ひがいとどけ》は出さないことにしました」

「そうですか」

二人が不満そうな顔をしたので、

「ご用件は何でしょうか？」

小磯は、なんとか心の動揺《どうよう》を抑《おさ》えて言った。

「草場先生にお会いしたいのですが」

木屋《きや》という刑事が言った。

「草場君をここへ呼んでくれ」

小磯は傍《かたわ》らにいる横田に言った。

「草場先生は今日お休みです」

「病気かね？」

草場に休むよう言ったのは小磯だが、とぼけて聞いた。

「そういう連絡《れんらく》がありました」

横田が言うと、木屋が、

「入院でもされているんですか？」

と聞いた。

「入院とは言っていませんでしたが」

木屋は、草場の電話番号を横田に聞いた。

「草場に何かあるのですか？」

小磯はいやな予感がしてきた。

「奥野先生と草場先生の密約のデータがみつかったのです」

木屋の眼《め》が急に鋭《するど》く感じられた。

「密約のデータといいますと……」

「奥野先生は草場先生の指令で市原先生を抹殺《まっさつ》し、整形して三好先生になりました。そしてまたもとへ戻《もど》るために、自殺するという遺書を書きました」

「それが発見された遺書ですか？」

「そうです。ですから三好先生は自殺し、奥野先生はふたたび戻って来るはずだったのです」

「私は全然知らなかった」

小磯は肩《かた》で大きく息をして見せた。

「それでは今日はこれで帰ります。またお伺《うかが》いします」

二人の刑事は帰って行った。

「いまの刑事の話が本当なら、たいへんなことになります」

横田はすっかり動転している。

「いまの話は口外しないように」

小磯は、横田に釘《くぎ》を刺《さ》しておいた。

7

『悠遊塾』に雷太、舜、健、康、ヒロミ、摩耶、亜子。それに京谷と西条の九人が集まった。

九人が円卓《えんたく》を囲むと少し小さいが、これは仕方ない。

「君たちの号外を見せてもらったよ」

京谷の目の前に号外が置いてある。

「プロの目から見て、できはどうですか?」

亜子は、そのことが気になっていた。

「中年Aというのは、少年Aのパロディーだと思うが、これは効いている。写真がモザイクなのが泣かせる。いいセンスだ」

「やったぁ!」

京谷にほめられて、亜子は、その場で飛びあがりたくなった。

「淫行《いんこう》というキャッチだけど、あれはちょっときついな」

「あれはぼくが考えた」

雷太が言った。

「あれはガセなんだろう？」

京谷が聞いた。

「そう。紙爆弾《かみばくだん》だよ。だけど小磯にはたいして効果がなかった」

「君たちも情報について勉強したな」

「しました」

舜が言った。

「昔は石や棍棒《こんぼう》を武器として戦った。武器は次第に発達して、鉄砲《てっぽう》になり、大砲になり、軍艦《ぐんかん》ができ、飛行機の時代になった。そして最後は核兵器《かくへいき》だ。われわれはそのどれも武器として使うことはできない」

京谷が言った。

「何を武器にするんですか？」

ヒロミが聞いた。

「われわれの武器は情報さ。そのために教師カタログを作ったんだ」

雷太が言った。

「あれって、武器だったのか？」

雷太の言葉に康は、戸惑《とまど》っている。

「おれたちは、教師カタログで教師たちにかなりの打撃《だげき》をあたえたと思っていた。ところが、やつらはこれを逆用して、反対派の攻撃《こうげき》につかったのだ」

「どういうふうに使ったんだ？」

康が聞いた。

「教師カタログで取り上げたスキャンダルで、その教師を脅迫《きょうはく》したんだ。おれたちの仲間に入らなければ、このスキャンダルをばらすって。そう言われれば、いうことを聞かないわけにはいかない。こうやって仲間をふやしていったんだ」

「悪知恵の働くやつらだな」

康は大きいため息をついた。

「ふつう武器ってのは持っている者のものだ。刀や拳銃《けんじゅう》だってそうだ」

「あたりまえのこと言うなよ」

康が言った。

「ところが情報は違《ちが》う。武器だと思っても、自分の手から離《はな》れたとたん、敵の武器にもなってしまう。それを防ぐ方法はないんだ。そのことを今度は学習した」

雷太が言うと、舜が大きくうなずいた。

「それは、いい勉強をしたな」

西条は、目を細めて言った。

「でも、わたしたちは結局勝ったんじゃない？」

亜子が言った。

「そのとおり。奥野はいつか危機に陥《おちい》ったとき、それから身を守るために保険をかけておいた。つまり、これも情報だ。彼の持っている情報は、敵に致命的《ちめいてき》な力を持っていることを彼は知っていたんだ」

京谷が言うと、雷太と舜が大きくうなずいた。京谷はつづけた。

「草場は、まさかそんなデータが残っていることに気づかなかった。おそらく草場は気も動転して身を隠《かく》したのだろう」

「いつまで隠れているつもりですか？」

亜子が聞いた。

「今度は指名手配されるだろうから、『天道会』もかくまうわけにもいかないだろう」

「すると、どうなるんですか？」

摩耶が聞いた。

「自首して何もかもしゃべられたら、『天道会』は致命的な打撃を受けることになる。そうならないために打つ手は二つ。自殺するか、でなければ消してしまう」

京谷の言葉が次第に暗くなっていった。

「つまり、トカゲのしっぽ切りで、『天道会』は安泰《あんたい》というわけですか？」

舜が言った。

「そういうことだ」

「それじゃ小磯はどうなりますか？」

摩耶が聞いた。

「逮捕《たいほ》を免《まぬか》れることはできないだろう」

「かわいそう。あんなに張りきっていたのに」

摩耶は口とは裏腹に、楽しそうな笑顔を見せた。

「小磯がいなくなったら、新しい中学はどうなるんですか？」

亜子が聞いた。

「小磯に代わる凄《すご》いのが来るだろう」

「なんだ、がっかり」

「来たら、またやるさ」

雷太が亜子に言った。

「戦いはこれからね？」

「そうだ、みんなやろうぜ。聖杯《せいはい》を見つけるまで」

雷太が言うと、舜を除く全員が立ちあがって、

「おう」

と雄《お》たけびをあげた。

あとがき

「父母は天地の如《ごと》く、師君は日月の如し」この言葉は、鎌倉《かまくら》時代に作られた庶民《しよみん》教育の教科書『実語教』にある。作者、編者はよくわかっていないが、近世まで寺子屋などで用いられていたそうだ。

ぼくらの幼い頃の小学校には、二宮金次郎の石像があったから、戦争が終わるまで何百年もの間、教育の基本になっていたことはたしかだと思う。教育は知性より品性を高めるものでなくてはならない。

戦後こうした教育論はまったく影《かげ》をひそめたと思っていた頃、学校が荒《あ》れはじめ、子どもたちが異常な行動をするようになってきた。するとそれに呼応するように、戦前の教育論が頭を持ち上げてきはじめた。

学校の現場が混乱しているからといって、戦前に回帰することが子どもたちを幸せにするだろうか？

これからネット時代と呼ばれるまったく未知の未来に、おとなたちはどう対応していいかわからない。だから、せめて自分たちの受けた教育に戻《もど》ろうとする。それは明らかな間《ま》違《ちが》いである。

情報の海の中を否応《いやおう》なく泳いで行かなくてはならない子どもたちには、それにふさわしい教育があるはずだ。しかし、おとなたちにそれを望んでもかなえてはくれない。

それなら自分たちでやるしかないではないか。

こうして、円卓《えんたく》の戦士たちが立ちあがるのだ。彼らは、おとなと戦うのにゲバ棒は使わない。なぜならかつての全共闘闘争《ぜんきょうとうとうそう》の失敗を学習しているからだ。

新しい時代を実現するためには、何を武器にすればいいか？　それは『情報』である。『情報』は、とっくに、おとなだけのものではなくなったのに、そのことを認識していない。

『情報』を武器にしたとき、子どもたちは、おとなと対等に戦えるのだ。

それを子どもが知ったとき、世代間戦争がはじまる。それは、新しい時代がやって来るまで、長く過酷《かこく》なものになりそうだ。

第一話の「新・ぼくらの円卓の戦士」は、その戦いの序章である。これから、作者の予想もつかない子どもがあらわれ、予想もつかない事件が起こり、子どもとおとなの死闘が繰《く》り広《ひろ》げられることになる。

いま、子どもたちはパワーがないといわれる。それは血湧《わ》き肉躍《おど》るような目標がないからだ。目標さえみつければ、だれだってパワーが出てくるはずだ。

こんなことがやれたら、どんなに人生は楽しくなるだろう。生きるということは、こういうことなのだ。

そういう物語を読者と一緒《いっしょ》に作っていきたい。第二話の構想ももうできている。みんなをあっといわせるつもりだから期待してほしい。

宗田　理

参考文献

『騎士道物語』リチャード・バーバー／田口孝夫監訳（原書房）
『アーサー王物語』アンドレア・ホプキンズ／山本史郎訳（原書房）
『コーンウォール』井村君江（東京書籍）
『ケルト神話の世界』ヤン・ブレキリアン／田中仁彦・山邑久仁子訳（中央公論社）
『中世騎士物語』ゲルハルト・アイク／鈴木武樹訳（白水社）
『武士道』新渡戸稲造（三笠書房）
『教師崩壊』新井肇（すずさわ書店）

新《しん》・ぼくらの円卓《えんたく》の戦士《せんし》

宗田《そうだ》 理《おさむ》

角川文庫 11419

平成十二年三月二十五日 初版発行

発行者——角川歴彦

発行所——株式会社角川書店

東京都千代田区富士見二—十三—三

電話 編集部(〇三)三二三八—八四五一

営業部(〇三)三二三八—八五二一

〒一〇二—八一七七

振替〇〇一三〇—九—一九五二〇八

印刷所——旭印刷 製本所——コオトブックライン

装幀者——杉浦康平

そ 3-29 ISBN4-04-160265-3 C0193

角川文庫発刊に際して

角川源義

第二次世界大戦の敗北は、軍事力の敗北であった以上に、私たちの若い文化力の敗退であった。私たちの文化が戦争に対して如何に無力であり、単なるあだ花に過ぎなかったかを、私たちは身を以て体験し痛感した。西洋近代文化の摂取にとって、明治以後八十年の歳月は決して短かすぎたとは言えない。にもかかわらず、近代文化の伝統を確立し、自由な批判と柔軟な良識に富む文化層として自らを形成することに私たちは失敗して来た。そしてこれは、各層への文化の普及滲透を任務とする出版人の責任でもあった。

一九四五年以来、私たちは再び振出しに戻り、第一歩から踏み出すことを余儀なくされた。これは大きな不幸ではあるが、反面、これまでの混沌・未熟・歪曲の中にあった我が国の文化に秩序と確たる基礎を齎らすためには絶好の機会でもある。角川書店は、このような祖国の文化的危機にあたり、微力をも顧みず再建の礎石たるべき抱負と決意とをもって出発したが、ここに創立以来の念願を果すべく角川文庫を発刊する。これまで刊行されたあらゆる全集叢書文庫類の長所と短所とを検討し、古今東西の不朽の典籍を、良心的編集のもとに、廉価に、そして書架にふさわしい美本として、多くのひとびとに提供しようとする。しかし私たちは徒らに百科全書的な知識のジレッタントを作ることを目的とせず、あくまで祖国の文化に秩序と再建への道を示し、この文庫を角川書店の栄ある事業として、今後永久に継続発展せしめ、学芸と教養との殿堂として大成せんことを期したい。多くの読書子の愛情ある忠言と支持とによって、この希望と抱負とを完遂せしめられんことを願う。

一九四九年五月三日

角川文庫ベストセラー

ぼくらの七日間戦争　宗田　理

夏休み、東京下町にある中学の男子全員が姿を消した。事故か誘拐か？　取り乱す親、教師たち。大人対子供の戦いが開始された。シリーズ第一作!!

ぼくらの天使ゲーム　宗田　理

同じ中学の美人三年生、片岡美奈子が校舎の屋上から落ちて死んだ。美奈子は妊娠していたらしい。自殺か他殺か、彼女を死に追いやった奴は誰だ？

ぼくらの(危)《ヤ》バイト作戦　宗田　理

安永が療養中の父親にかわり、きついバイトで家計を支えて、学校を休みがちだ。ぼくらは中学生でもできるお金もうけ作戦を練り始めるが…。

ぼくらの修学旅行　宗田　理

中学三年の夏休み。受験勉強にかこつけて、本栖湖でサマースクールを計画。途中ぬけだして、ぼくらだけの旅を楽しもうともくろんでいたが…。

ぼくらの㊙学園祭　宗田　理

中三の秋。学園祭の演物《だしもの》「赤ずきんちゃん」の準備中に起る二大事件。不気味な絵画贋作《がんさく》マフィアとの対決。勇気・友情・笑いにみちた学園ミステリー。

ぼくらと七人の盗賊たち　宗田　理

ハイキング先の丹沢山中で、〈七福神〉という泥棒団のアジトを発見!!　電気製品など盗品の山々を貧しいお年寄りたちにバラまいてしまうと…

ぼくらの秘島探険隊　宗田　理

沖縄の自然がリゾート開発業者に狙われている!!　21世紀に紺碧の海がなくなってしまうなんて…　怒りに燃えた「ぼくら」の夏休みイタズラ大作戦。

角川文庫ベストセラー

ぼくらの卒業旅行《グランド・ツアー》　宗田理

ぼくらは高校卒業記念にアジアへ。戦争の傷跡や人間の本性をまのあたりにしたり、買春ツアーの日本人をやっつけたりと冒険と発見のアジア体験。

2年A組探偵局
衛生ボーロ殺人事件　宗田理

貢の母に届けられた奇妙な小説。その筋書き通りの事件が起きて、殺人現場にはなぜか衛生ボーロが…。有季と貢と真之介の活躍で意外な犯人像が。

ぼくらののら犬砦《とりで》　宗田理

浪人中の英治が先生を任されたのは、全校生徒12人、問題児の吹きだまり〝のら犬〟中学だった。なんとその地下には凶悪犯罪組織の秘密が…。

ぼくらのグリム・ファイル探険(上)(下)　宗田理

バス事故、殺人…。各地の小中学校で動機なき兇悪事件が発生。事件の共通項は〝脳の暴走〟なのか。ぼくらは真相を調査するためドイツへむかう。

2年A組探偵局
答案用紙の秘密　宗田理

明日のテストで俊夫が焦っていた時、ひらひらと窓から答案用紙が…。それ以来百点満点の連発。何か怪しいとみた2A探偵局が事件解決に大活躍。

2年A組探偵局
呪われた少年　宗田理

作文に書かれた少年の途轍もなくネガティブな願いが次々に叶う。2A探偵局は裏で操っている少年を突き止め、事件は解決したように見えたが…。

海のある奈良に死す　有栖川有栖

〝海のある奈良〟と称される古都・小浜で、作家有栖の友人が死体で発見された。有栖は火村とともに調査を開始するが…?!　名コンビの大活躍。

角川文庫ベストセラー

第三の女　夏樹静子

パリ郊外のホテルで出会った男と女。そこで交わした黙約が、二つの殺人を引き起こしていく……。人生を賭けた愛を描く長編ロマンミステリー。

秘めた絆　夏樹静子

妻の子と愛人の子。二人の子どもの父親は、母子二組の共存に隠された事実を発見する。男と女、親と子を繋ぐものとは何か？痛切な愛のミステリー。

Mの悲劇　夏樹静子

陶芸家の夫と元女優の妻。東京から離れた二人の平和な生活は、一人の青年の出現によって壊されていく……。男女の愛憎を描いた本格サスペンス。

風の扉　夏樹静子

確かに殺したはずの人間が、なぜか生きていた！人間の生死の意味と医学の発展がもたらした恐怖を、息詰まる筆致で描いた力作医学ミステリー。

白愁のとき　夏樹静子

原因不明・治癒不能のアルツハイマー病。働き盛りの五十二歳でその告知をうけた男の、生死の狭間で揺れる絶望と救済を描いた力作長編小説！

Wの悲劇　夏樹静子

湖畔の別荘で起こった和辻製薬会長の刺殺事件。姪の犯行を隠匿しようとする和辻一族の偽装工作に、現場に居合わせた家庭教師は協力するが……。

Cの悲劇　夏樹静子

在宅勤務のシステム・エンジニアが、自宅の仕事部屋で殺された。そのとき妻のとった行動は!?コンピュータ産業の虚実を描いた傑作サスペンス。